sarawareta tensei ouji ha
shitamachi de slow life wo
mankitsuchu!?
攫われた転生王子は
下町でスローライフを
満喫中!?
2
伽羅 kyara
ill. キッカイキ

主な登場人物
ノワール
魔獣パンサーの子どもで
アルベールの従魔。
アルベールのことが
大好き。
レイ
高山に棲む
ちびドラゴン。
人懐っこい性格。
アルベール
本作の主人公。
下町育ちの転生少年で、
実はヴィラルド王国の
第一王子。

パトリック
ヴィラルド王国の学校に新設されたテイマー科の教師。やけにアルベールに親切だが……？
シャルロット
アルベールの妹で、ヴィラルド王国の第一王女。可愛すぎてアイドル扱いされている。
フィリップ
デュプレクス王国の王子。鼻につくほど完璧。シャルロットに婚約を申し込んだ。

プロローグ

僕がこの世界で最初に意識を持ったのは、川に流されている最中だった。危うく溺《おぼ》れ死《し》ぬところだった僕を助けてくれたのが、冒険者夫婦のクレマン父さんとエレーヌ母さん。二人は僕に〝アルベール〟という名前をつけて、家族として迎え入れてくれたんだ。

そんな僕はある日、ふと自分の前世を思い出した。気味悪がられないよう両親には隠し通すつもりだったけど、うっかり弟の誕生日にこの世界にはない歌を歌って、二人にばれてしまう。それでも二人はそんな僕を受け入れてくれた。その後、妹も生まれ、ドワーフやエルフと知り合ったり、パンサーの子ども達を助けたりと、なかなか目まぐるしい人生を歩んできた。

だけど、更に衝撃《しょうげき》の事実が僕を待ち構えていた。

僕がこの国の王子であることが判明したんだ。実の親との再会は嬉しかったけれど、同時にそれは父さん達との別れを意味するものだった。欲張りな僕はどちらの家族も手放せなくて、皆と暮らしたいと我儘《わがまま》を言った。その結果、王宮と下町の二重生活が始まったんだ。

第一章　リオネル先生の謝罪

王宮と下町を行き来するため、僕が下町に帰ってきた後で宮廷魔術団の団長であるジェロームさんに、廊下にあった転移陣を僕の部屋に設置し直してもらった。僕の魔力で発動するように設定してあるので、間違って弟のジルや妹のシモーヌが陣の上に立っても大丈夫だ。

それから、下町での生活はこれまで通りだけど、王宮では僕の存在を貴族達に公表することになった。僕が王宮で生活する以上、僕の存在を貴族達に周知させる必要があるからだ。

そんな訳で、今僕は非常に緊張《きんちょう》している。

これから主だった貴族達を集めて、僕のお披露目《ひろめ》が行われるのだ。

集められた貴族達は王宮で仕事をしている者達だけだが、それでもかなりの人数が会議室に待機している。その様子を扉の隙間からチラリと覗《のぞ》いてしまったので、ドキドキして心臓が口から飛び出しそうだ。

やがて時間が来て、僕はアレクサンドル父上、マルグリット母上の後に続いて会議室へと足を踏み入れる。

僕の姿が皆の目に触れた途端に、ざわめきが会議室に広がっていく。

「静粛《せいしゅく》に！」

宰相の一声で会議室の中がしん、と静まり返る。

「皆の者、本日はよく来てくれた」

父上が会議室にいる貴族達を見回すと、貴族達は揃《そろ》って頭を下げた。

「集まってもらったのは、ここにいるアルベールを紹介するためだ。今まで黙っていたが、アルベールは一歳の時に攫《さら》われて今まで行方不明だった。だが、こうして無事に帰ってきてくれたのだ。これからよろしく頼む」

父上の発言に会議室は蜂の巣をつついたような騒《さわ》ぎになった。

当然だよね。

病気療養中だと言われていたのに、実は攫われて行方不明だったなんて、誰が聞いても驚くよ。

中には、「本物なのか？」と言っている人もいるし……

「静まれ！」

一向に静かにならないことに業《ごう》を煮《に》やした宰相が怒鳴《どな》る。

「公表できなかった理由は、外交事情を考慮《こうりょ》すればわかるだろう。我が国よりも力のある周辺国家にアルベール王子が行方不明であることが知られたら、我々が王子を捜し出すより先に身柄を奪われ、人質にされる可能性もあった。それに陛下も私も、王子を見つけるのにこれほど時間がかかるとは思わなかったのだ。だが、こちらにおられる方がアルベール王子ご本人であることは間違いない」

宰相の説明に貴族達はようやく納得をしたようだ。

「社交界に出るのは学校を卒業してからになるが、学校へは平民として通っているので、そのまま継続させる。したがって学校で貴族、および貴族子息がアルベールに故意に接触することは禁ずる。周知しておくように」

そう告げると、父上は僕に視線を向けた。

僕は頷《うなず》いて立ち上がり、貴族達に向かってニコリと笑いかけた。

「はじめまして、アルベールです。これからよろしくお願いします」

そう挨拶した途端、静まり返っていた会議室に拍手が沸《わ》き起《お》こった。

どうやら皆に受け入れてもらえたようだ。

この場にいない他の貴族達には、今日参加した人達からすぐに伝わるだろう。

どこの世界でも噂《うわさ》が広まるのは早いと決まっている。

冬休み最終日、僕は学校の寮に戻ることになった。

だが、すんなりと僕を帰したがらないのが父上と母上だ。

「本当に週末には帰ってくるんだろうな？　このまま戻ってこないということはないよな？」

「ああ、どうして学校は寮生活なの？　陛下！　今からでもアルベールは王宮から通わせるようにしてはどうですか？」

僕が戻ってきたばかりで離れたくないのはわかるけど、いくらなんでも暴走しすぎだろう。

そんな二人を宥《なだ》めてくれるのはやはり宰相だった。

「陛下も王妃殿下もお気持ちはわかりますが、少し落ち着いてください。一週間なんてあっという間です。それに、そんな風に取り乱されると、アルベール王子に呆《あき》れられますよ」

宰相の最後の言葉が効いたようで、二人はピタッと駄々《だだ》をこねるのをやめた。

流石《さすが》は宰相だな。二人を止めるツボを心得ているよ。

父上と母上それぞれに抱きしめられた後、僕は下町へ向かう転移陣の上に立った。

魔力を流すとスッと景色が変わり、下町の僕の部屋へと転移する。

「よお、アル。戻ったのか？」

魔力を感知した父さんが扉を開けて顔を覗かせると同時に、従魔《じゅうま》のノワールが僕に飛びついてきた。

『アル～、会いたかったよ～』

久しぶりに会うノワールに少し魔力を流してやると、嬉しそうに僕の顔をペロペロと舐《な》める。

まだ父上と母上には従魔がいることを伝えていない。

折を見てノワールを紹介するつもりだ。

ノワールを下に降ろし、準備しておいた荷物を持って部屋を出ると、ジルとシモーヌが迎えてくれた。

「兄さん、お帰り。って、このまま学校に戻るんだっけ」

「え、お兄ちゃん、もう学校に行っちゃうの？　一緒に遊べると思ったのに……」

がっかりするシモーヌを抱き上げて、母さんのところへ向かう。

「遅かったわね、アル。その様子だとマーゴ達になかなか放してもらえなかったみたいね」

母さんがクスクス笑いながら僕からシモーヌを受け取る。

僕が王子だとわかっても、父さんと母さんの態度は前と変わらない。

ただ、できるだけ父上と母上の方を優先するようにしてくれている。

そこはやはり四人が冒険者仲間だったことと、知らなかったとは言え、他人の子を親元に帰さずに独占してしまったことへのお詫びのつもりもあるのだろう。

やがて馬車の音が聞こえてきたので、僕は荷物を持って一階へ下りた。

玄関を開けると、馬車の窓からエルフの王子であるサミィが顔を見せた。

この間会った時、最終日に一緒に寮に戻ろうと約束していたんだよね。

「アル、久しぶり。迎えに来たよ」

御者《ぎょしゃ》が扉を開けてくれたので、僕は馬車に乗り込む。

「アル、しっかり勉強しろよ」

「体調に気を付けるのよ」

「じゃあね、兄さん」

「お兄ちゃん、行ってらっしゃい」

四人に見送られて馬車は走り出した。

皆に向かって手を振る僕を、サミィがニコニコしながら見ている。

「相変わらず仲がいいね。だけど何かあった？」

「後でラウルと一緒の時に話すよ」

サミィは頷いて、エルフの里であった出来事を話してくれた。

そうこうしているうちに馬車は学校に到着した。僕とサミィはそれぞれの部屋へと入る。

大して多くもない荷物を片付けていると、部屋の扉がノックされた。

「はい」

返事をするとすぐに扉が開いて、サミィとラウルが顔を見せた。

ラウルはフロラン伯父さんが経営するモーリアック商会のライバル、グランジュ商会の息子だ。

最初に出会った時はピリピリした雰囲気だったけれど、今ではすっかり仲よしだ。

商会同士もそれなりにいい関係になっている。

「ラウルも少し前に着いたんだって。僕の部屋でお茶でもどう？」

サミィの誘いに頷いて、隣のサミィの部屋へと向かう。

ソファーに座ると、羽のはえた妖精達がひらひらと飛びながら茶器やポットを運んできた。

可愛《かわい》い妖精達が淹《い》れてくれたお茶を堪能《たんのう》していると、不意にサミィが切り出した。

「それで？　冬休みの間に何があったんだい？」

僕はお茶で唇《くちびる》を湿らせると、二人の顔を交互に見やった。

「二人共驚かないで聞いてくれよ……実は僕はこの国の王子だったんだ」

それを聞いてサミィは納得の表情を見せたが、ラウルはプッと噴き出した。

「アル～。いくら僕達を担《かつ》ぎたいからって冗談が過ぎるぞ。大体王族は紫の目を……、あれ？」

そこで、ラウルは僕が紫色の目をしていることに気が付いたようだ。

小さい頃は青色が強く出ていたけれど、年を重ねるにつれて徐々《じょじょ》に紫に近付いていった。

そして、この冬休みに完全に紫になったのだ。

まったく疑っていないサミィを見て、ラウルはようやく本当のことだと悟ったようだ。

口を開けたまま、固まって何も言えないでいる。

「やっぱりそうじゃないかと思っていたんだよね。前に魔女の幽体に襲われたことがあっただろう？　あの後、彼女とその息子についてこっそり調べたら、貴族や王族との関係が出てきてね。それに、君の本当の親がどうとかって言っていたのも引っかかったし。それで僕の父上に確認しようと思ったんだけどさ……」

やけにサミィの歯切れが悪くなった。何かあったのだろうか？

「サミィ、何かあったの？」

パクパクと空気の足りない金魚のように口を開け閉めしているラウルは無視して、僕はサミィを促《うなが》す。

「それが……『いくら魔女とは言え、幽体に魔法で負けるとは何事だ！』って怒られてさ。冬休みの間ずっと魔法の特訓をさせられていたんだ。まあ、たとえ聞いたところで他の種族に干渉《かんしょう》するなって怒られただろうけどね」

そう言ってサミィは力なく笑う。

どうやら相当魔法の特訓でしごかれたみたいだね。

「ほ、本当にアルが、お、王子？」

ラウルはようやく喋《しゃべ》れるまでに回復（？）したようだ。

「そうだけど、学校へは今まで通り平民として通うんだ。だからサミィとラウルにも今まで通りの態度で接してほしい……駄目かなぁ？」

今更敬語を使われたり、距離を置かれたりするのは寂《さみ》しいなと思ってラウルを見つめると、彼は「グッ」と喉《のど》に何かが詰まったような声を発してコクコクと頷いた。

「う、うん、わかった。今まで通りにするよ……本当に不敬罪になったりしない？」

ちょっと心配そうに僕を見つめるラウルがおかしくて、思わず噴き出してしまう。

「そんなことにはならないよ。大体王子として扱ってほしかったら、王族として通う方が手っ取り早いだろう？」

「それもそうだな」

なんとかラウルに納得してもらえてほっとした。

サミィに関しては、僕に対する態度は変わらないと確信している。

何しろ彼だってエルフの王族だからね。

「じゃあ、二人共。これからもよろしくね」

笑顔を向けると、二人は力強く頷いてくれた。

「もちろんだよ、アル」

「こちらこそ、よろしく」

いつも通りの学校生活が始まることにほっとして、僕とラウルはサミィの部屋を後にした。

自室に戻って寛《くつろ》いでいると、また「トントン」とノックの音がした。

サミィかラウルのどちらかが訪ねてきたのだろうと思い、「どうした？」と言いながら扉を開けると、そこに立っていたのは魔導具作成の指導をしてくれているリオネル君だった。

フロラン伯父さんの息子、つまり僕の従兄弟《いとこ》に当たる人だ。

「リオネル先生？　どうしたんですか？」

突然の訪問に戸惑ってしまう。リオネル君は、普段の自信に満《み》ち溢《あふ》れたような態度とは違って見えた。

「突然すまないね。入ってもいいかな？」

いつものリオネル君ならば、扉が開いた途端、「お邪魔《じゃま》するよ」と言って入ってきそうなものなのに、今日はまるで人が違ったみたいだ。

「どうぞ」

招き入れると、リオネル君は迷わずソファーへと足を運びさっさと座る。

……この辺りはいつものリオネル君だな。

苦笑しつつ僕も向かいに腰を下ろす。

「何かお話ですか？」

訪問の目的がわからずに問いかけると、リオネル君はガバッと僕に向かって頭を下げた。

「アル君に謝らないといけない。アル君のことを魔術団長に知らせたのはこの僕だ。本当に申し訳ない」

リオネル君に謝罪されて初めて僕は、どうやって父上達が僕を見つけ出したのかを知った。

まさか魔導具の開発が僕の身元の手掛かりになったなんて、思ってもみなかった。

「お話はわかりました。だけど、どうしてリオネル先生は僕の魔力が王族のものだとわかったのですか？」

王宮にいる魔術団の団長はともかく、貴族とはいえ一教師であるリオネル君がどうして王族の魔力を感知できたのだろうか？

頭を上げたリオネル君は、少し微笑《ほほえ》んで首を振った。

「王族の、というよりは、マルグリット様と同質の魔力を感知したと言う方が正しいかな」

母上の魔力？

首を傾《かし》げた僕にリオネル先生が説明してくれた。

「僕の母はマルグリット様と同級生でね。父と結婚してすぐに僕を授かったんだ。だから小さい頃から母と一緒に、マルグリット様のお茶会に招待されていたんだ……白状するとね、僕の初恋の相手はマルグリット様だよ」

いたずらっぽく告げられて、息子としてはどう返していいのかわからない。

「アル君と初めて会ったドミノ大会を覚えているかい？　あの時君を抱き上げた瞬間《しゅんかん》に違和感を覚えたんだ。君が僕の一族じゃないことはすぐにわかったけれど、父さんが何も言わないから僕もあえて指摘はしなかった。あの頃はまだマルグリット様の魔力と同じだとわからなかったんだ」

リオネル君はそこで一旦話を切った。

そして少し悔しそうな顔をする。

「どうしてあの時、すぐにわからなかったのかと悔しく思うよ。そうすればあんなにも長い間マルグリット様は辛い思いをしなくて済んだのに、とね。その後、再会した君の魔導具作りを見ていて、君の中にマルグリット様の魔力が流れていると確信した。だけど、どうしてこんなところで、とも思ったんだ。アルベール王子は病気療養中だと言われていたからね。調べようにも僕は学校があるし、下手に動くと謀反《むほん》を疑われる。そこで団長にあの魔導具を委《ゆだ》ねたんだ」

そこまで言うと、リオネル君は再度頭を下げてきた。

「リオネル先生、もう頭を上げてください。今の話を聞いたからと言って、リオネル先生を恨《うら》んだりはしません。それに僕は本当の両親がわかってよかったと思っているんです……まさか王子という立場になるとは予想もしてませんでしたけどね」

頭を上げたリオネル君は、ようやく肩の荷が下りたような、すっきりとした顔をした。

そして立ち上がりながらこう告げてきた。

「クレマン叔父上にも謝罪をしてきたよ。謝らなくていい、とは言ってくれたけど、それじゃあ僕の気が済まないからね」

扉を出たところで、もう一度リオネル君は振り返った。

「ありがとう、アル君。おやすみ」

「おやすみなさい」

パタンと扉が閉まると、僕はふうっと大きなため息をついた。

そしてベッドに身を投げて天井《てんじょう》を見つめる。

「たられば」なんて考えたくはないけれど、もしあのドミノ大会の時に僕の素性《すじょう》がわかっていたらどうなっていたんだろう。

そう思い始めたところで、思考の沼にどっぷりとはまりそうになって、慌《あわ》てて頭を振った。

今更考えてもどうにもならない。

時間は巻き戻せないし、過去はやり直せないのだ。

パンパンと両手で頬を叩いて気合を入れる。

明日からまたいつも通りの学校生活に戻るだけだ。

僕は明日の準備をして眠りに就《つ》いた。

第二章　公園造り

いつも通りの学校生活を送りつつ、僕は王都に公園を造設する計画を練り始めた。

王宮の庭には妹のシャルロットと弟のリシャールのためにブランコとすべり台を作ったけれど、下町には子どもの遊び場なんて何もない。少なくともこの国には公園が存在しないようだった。

小さい頃から遊び場が欲しいなと思っていたけれど、平民の立場で作れるものじゃないからね。

せっかく王子だとわかったんだから、これを利用しない手はない。

父上に相談したら面白がって「好きにやっていいぞ」と言ってくれた。

宰相が提案してくれた土地は、以前住んでいた貴族が爵位《しゃくい》を剥奪《はくだつ》されたため、空《あ》き家《や》となり解体されたまま手つかずだった土地だそうだ。

詳しい経緯についてはぼかされたけど、なんでもモリス・オブラン侯爵という人が所有していた土地らしい。

処刑された人物が住んでいた場所など、欲しがる者はいない。

更地にされても使い道のないまま放置されていたのだった。

僕は宰相に連れられてその土地を見に行った。

誰も足を踏み入れないため、雑草がぼうぼうに生えていたが、かなりの広さの土地だ。

これだけ広いといろいろな遊具が置けそうだな。

僕はその日のうちに、土地の視察を終えたことを父上に報告しに行った。

「父上。かなり広いところですね。本当にあの場所を公園にしていいんですか?」

執務室で机に向かっている父上は、書類から目を離すことなく頷く。

「ああ、あそこは好きにしていいぞ。お前にはその権利がある」

最後の一言に首を傾げつつも、僕は公園造りの計画を練ることにした。

執務室を出ようとしたところで、父上の言葉が追いかけてくる。

「アルベール。公園が完成したら、次は他の領地にも建設する予定だからな」

……はい?

そんな訳で、僕の公園造りはいつの間にか国家の一大プロジェクトとなっていた。いや、僕はただ単にジル達と遊びたいだけなんだけど。なんでそんなに話が大きくなるかな。

そもそも、まだできてないうちからそんなことを決めていいのかな。

父上に任せていると、僕以上に暴走しそうで怖いんだよね。

誰かストッパーになりそうな人はいないかな。

母上は……と考えて、あの時のことを思い返した。

『アルベールの我儘を許すから、アルベールもわたくしの我儘を許してくれる？』

母上の我儘とは、父さん達よりも自分達と過ごす時間を多くしてほしいというものだった。

もちろん僕に嫌と言う選択肢《せんたくし》はない。

それを考えると、母上は僕のことになったら父上と一緒に暴走しそうだ。とてもストッパーにはなりそうにない。

そうなると、頼みの綱は宰相しかいないよね。

父上よりも年上だし、冷静沈着《れいせいちんちゃく》な人物という印象がある。

僕と遊んでる父上を仕事に引き戻すのもあの人だしね。

父上も宰相を信頼していて、僕に前世の記憶があることも話してあるそうだ。

僕が二重生活を送っているのも把握《はあく》していて、いろいろ対処してくれているんだから当然だと思う。

宰相には後でこっそりとお願いしておこう。

言わなくてもやってくれるとは思うけど、僕からお願いしておくことも必要だろう。場合によっては、僕自身の暴走も止めてもらわないといけないかもしれないからね。

このプロジェクトを任せる商会は、もちろんモーリアック商会とグランジュ商会だ。

表向きは父上の発案なので、商会の代表も王宮に打ち合わせに出向いているけど、それは形式上だけのもので、実際は代表は父さんの家で僕と打ち合わせをしている。

その打ち合わせのためにフロランさんを家に呼んだ時、しみじみと言われた。

「アルが王宮に帰ったと聞いて、これで少しは落ち着くかと思ったのに、拍車《はくしゃ》がかかったじゃないか。権力を持った途端、規模が大幅に拡大したぞ」

これには笑って誤魔化《ごまか》すしかなかった。

確かに今まで僕が発明したのは個人で買える品がほとんどだったけど、今度は公共施設の建設だからね。

巻き込まれるフロランさん達にすれば、とんでもないアンラッキーかもしれない。

ちょっとした父上の暴走もありつつ、公園造りがスタートした。


まずは公園に置く遊具などを考えることにした。

公園の遊具と言えば、ブランコ・すべり台・シーソー・ジャングルジムといったところかな。

ベンチに噴水も公園では定番だ。

この世界には自販機なんてないから、水飲み場も必要だろう。

公衆《こうしゅう》トイレもあった方がいいよね。子どもだったらトイレを我慢《がまん》できない場合があるから絶対に必要だと思うんだよ。

そうやって考えていったら、どんどん公園の規模が大きくなってきた。

おかしいな。

こぢんまりとしたものを考えていたのに、なんでこうなるんだろう。

週末、下町の家で計画書を書きながら悩んでいると、父さんが声をかけてきた。

「アル。何を悩んでいるんだ？」

「あ、父さん。公園に設置する遊具について考えていたんだけど、規模が大きくなりすぎちゃうみたいなんだよね」

父さんは計画書を覗き込んで言った。

「でもアレクなら、アルの提案はすべて受け入れそうだけどな」

だから困ってるんじゃないか。

しょうがない。

もう一度父上と打ち合わせをし直そう。

次の週末は約束通り王宮へと戻った。

父上の手が空いた時を見計らって、執務室へと押しかける。

「アルベールか。どうしたんだ？」

相変わらず書類とにらめっこをしながら僕に話を促す父上に、苦笑しつつも話をする。

「公園の規模が当初の計画より大きくなりそうなんですけど、大丈夫ですか？」

父上に許可をもらった土地は広すぎるので、その土地の半分くらいを使った公園を考えていたけれど、作りたい遊具なんかを書き出して配置してみたら、半分じゃ足りないんだよね。

「あの場所は全部お前の好きにしていい。好きなようにやれ」

父上は書類から顔を上げて僕を見ながら言った後、また視線を書類に戻した。

多分そう言うと思ってたけど。

これ以上父上の邪魔をするのも悪いので、僕は執務室を後にした。

国王の許可が出たんだから、多少は好きにさせてもらおうかな。やりすぎであれば宰相が止めてくれるだろう。

食事中の話題はどうしても公園の話になってしまう。

シャルロットもリシャールも興味津々《きょうみしんしん》で話を聞きたがった。

だけど、王族の二人が公園に遊びに行けるのかな？

そう思ったけど、シャルロットに甘い父上は、シャルロットに頼まれればホイホイと許可しそうだな。

いよいよ公園造りの当日。

まずは公園の中央に噴水を置くことにした。

ジェロームさんに魔石で水の噴出をお願いする。

噴水の周りは腰掛けられるようにして、万が一バランスを崩しても噴水の中には落ちないように魔法で保護をする。

水に手をつけたりはできるけどね。

そして一人乗りのブランコと、対面で乗るゆりかご型の二人乗りブランコを設置する。

一人乗りのブランコの周りは柵《さく》で囲って、漕《こ》いでいる人にぶつかったりしないようにしておく。

二人乗りブランコの方は乱暴に漕げないように魔法で制限をかける。

それから、ジャングルジムにすべり台を付けたものと、小さい子用のすべり台を作る。すべり台は反対側から登ってこれないように魔法で対策済みだ。

シーソーを二つ置いて、水飲み場に手洗い場にトイレも作った。

あちらこちらにベンチを置いて、花壇《かだん》を設置するのも忘れない。

そして最後に、前世のテレビ番組で見た立体の迷路を置くことにした。

テレビで見る度に面白そうで、やってみたいなと思ってたんだよ。

僕が覚えている限り、番組に登場したものは縦、横、奥行きが五マスに透明のアクリル板で仕切ってあった。内部は行き止まりとそのまま通れる箇所があり、天面は二十五マスのビンゴになっていて、一人ずつ下のスタート地点から天面の出口を目指して登りビンゴを狙う仕組みだった。けど、せっかくこの世界には魔法があるんだから使わない手はない。ということで、アクリル板の代わりに魔法で壁を作ってもらうことにした。行き止まりには魔力で見えない障壁を設置する。

ビンゴではなく、誰が一番早く頂上に到達できるかを競ってもいい。

あるいは、自分で出口の目標を決めてそこを目指すとかね。

使い方は自由なんだから、それぞれ個人で楽しんでもらえたらいいな。

障壁の位置は月替りで変えてもらおう。

どの遊具も、使い方さえ間違えなければ危険はないはずだ。

それでも事故が起きることはある。

本当は怪我をしないように、完全に魔法で事故を防ぐつもりだった。

だけど、それでは子ども達のためにならないと思ったんだ。

どういった行動を取れば怪我をするのか、身をもって知るのも大事だと思う。

危険だからとハサミや包丁を取り上げるのではなく、安全な使い方を教え、時には怪我をしてどれだけ痛いかを知ることも必要だ。もちろん怪我をしないのが一番ではあるけどね。

そうは言っても、子どもに大怪我はさせたくないので、万が一遊具から落下しても痛いのは一瞬で、すぐに【ヒール】がかかるように設定をする。こうしておけば安心だろう。

また、公園の周囲は道路で囲って、出入口を数か所設《もう》けた。

そして子ども達の声が近隣住民の迷惑にならないように、遮音《しゃおん》の魔法も施《ほどこ》してある。

ちなみに、遊具の作製にはさまざまな工房に声をかけたけど、もちろん魔法で作れるものは宮廷魔術団に頑張《がんば》ってもらっている。

僕が思い描いた公園はこれでほぼ完成した。

とはいえ、貴族の中には公園に遊びに来られない立場の人もいるだろう。

そういう人に向けて、個人所有できる大きさの遊具を開発することにした。

屋内に置けるものと屋外に置けるものの設計図を作り、フロランさんに渡す。

ただ、この遊具の販売は一つの商会が独占するのではなく、王都の商会すべてで扱えるようにしてもらった。

こうしてようやく公園造りが終わった。

いよいよ公園のお披露目が明日に迫ったこの日。

僕は父上と母上、そしてシャルロットとリシャールを公園に案内した。

これは父上たっての希望だ。

「子ども達に危険なものではないかどうか、身をもって確認する必要がある」

なんてもっともらしいことを言っていたけれど、本当はただ単に自分が遊びたいだけなんだよね。

そうして僕達王族と、公園造設に関わった王宮の人達が事前に公園を訪れることになった。

流石に一度に押しかける訳にはいかないので、ジェロームさんに転移陣を設置してもらい、何人かが交代で見に来ている。

もちろん、町の人達には見えないように、公園には視覚妨害の魔法をかけていたけれどね。

万が一を考えて護衛騎士達が待機をしているけど、遠巻きに見ているだけなので、基本僕達だけで公園を回った。

母上とシャルロットはドレス姿ではあるけれど、シンプルで動きやすいデザインだ。

僕が遊具の遊び方を説明する。

皆楽しそうに遊んでいたけれど、遊具は大人が遊ぶには小さいようで、父上は少し窮屈《きゅうくつ》そうだった。

母上とシャルロットはドレスでも乗れるブランコに乗っていたけど、ジャングルジムに登る僕とリシャールを羨《うらや》ましそうに見ていたな。

そのうち女性用のズボンなんかを作らせて、遊具で遊びそうな気がするよ。

もっとも母上はリシャールが走り回るので、途中からそれを追いかけるのに必死になっていた。

王宮の庭にはブランコとすべり台しかないから、リシャールも楽しくて仕方がないんだろう。

父上が一番食い付いたのは、やっぱり立体迷路だ。

年甲斐《としがい》もなく僕に競争しようと言ってきた。

それは流石に父上が勝つに決まってるよね。

他の王宮の人達の相手は宰相がしてくれた。


そうしてお披露目当日、公園の前にセットされた魔導具が、父上の姿を映し出した。

本当は実際にこの場に来たかったらしいけど、警備の問題もあるので却下された。

父上がこの場に来て挨拶《あいさつ》だけで帰るはずかない。

絶対に遊ぶつもりなのは間違いないだろう。

当然、宰相は父上の要望を却下するに決まっている。

大体、集まった人達が国王の目の前で遊具で遊ぶなんてできないよね。

小さい子は気にしないだろうけど、親が気にするよ。

そこで王宮にいる父上からの挨拶を、魔導具で公園に集まった人達に見せることにしたらしい。

お披露目の日時は町の人達に予《あらかじ》め伝えてあったので、公園内は既に大勢の人で賑《にぎ》わっている。

公園造りがあった日、たまたま現場を通りかかった人が噂を広めたようで、町の人達は何ができるのかと興味津々だったんだ。

僕とジルとシモーヌも、父さんと母さんに連れられてこの場に来ていた。

やはり町の人達に受け入れられるかどうか知りたいし、どういった反応があるかも見ておきたいよね。

それを参考にして、他の領地で造る公園の規模を考えたり、王都内に他にも造設するか考えたりするようになると思う。

いよいよ、父上の挨拶が始まる。

「諸君！　今日は集まってくれて感謝する」

こうやって見ると、父上ってやっぱりかっこいいよね。少し後ろには、母上が立っているのが見える。

「私の子ども達は何事もなく、健《すこ》やかに育っている。だが、我が子が玩具で遊ぶ様子を眺めて、ふとこの国には子どもが遊べる場所や楽しめるものが足りていないのではないかと考えた。そこで王都の子ども達に何か遊び場を作ろうと思ったのだ。もちろん、子どもだけでなく、大人達にとってものんびり過ごせる場所になればいいと思っている。皆、存分に楽しんでくれ」

挨拶が終わると、辺りから拍手が沸き起こる。

魔導具が手早く片付けられ、いよいよ公園が開放された。

子ども達は我先《われさき》にと駆けていき、思い思いに遊具へと飛びついて遊び始める。

ジルとシモーヌも最初はゆっくり歩いていたけれど、すぐに駆けていった。

ジルの後を父さんが、シモーヌの後を母さんが追いかける。

僕はしばらく公園内を見て回ることにした。

あ、あそこの子どもはすべり台を反対から登ろうとして魔法に弾《はじ》かれている。

初めて見るものだから、遊び方なんてわからないよね。

それにマナーの悪い子もいると思ったから、すべり台は反対から登れないように魔法をかけてもらっていたんだ。

ベンチに腰掛けて子ども達の遊ぶ姿を眺《なが》めている人もいるし、噴水を不思議《ふしぎ》そうに見ている人もいる。

あちらこちらで子ども達の楽しそうな笑い声が響いている。

こういう姿を見ると、公園を造ってよかったなって思う。

「お兄ちゃーん」

声がした方を見ると、シモーヌがすべり台のところで僕を手招きしている。

「一緒にすべってー」

可愛い妹の頼みを断るなんて、僕にできるはずがない。

先にシモーヌに階段を上らせて、僕がその後ろから上る。もちろん、側に母さんもいるから安心だ。

上りきったシモーヌを「そこに座ってごらん」と座らせる。

座らせて足を伸ばさせると、僕もその後ろに座る。

そしてそのまま、シモーヌを支えるように一緒にすべった。

シモーヌがきゃあきゃあと嬉しそうな声をあげる。

下まで下りると「もういっかい」と、また階段の方に駆けていく。

ジルは、と公園内を見回すと、立体迷路に父さんといるのが見えた。

ちらっと見えた二人の顔には笑みが浮かんでいて、僕も思わず微笑む。

こうして、公園を無事に開園することができた。

フロランさん曰《いわ》く、他の町からも公園に関しての問い合わせが来ているそうだ。

今度はアスレチックを中心とした公園を作るのもいいかもね。

話が具体的になったら提案してみようと考えている僕だった。

それからしばらく経った日。

週末に下町でシモーヌと一緒にドミノを並べている時のことだった。

床の上で木のボールを転がしていたルイにレオがちょっかいをかける。やがてじゃれ合いから追いかけっこが始まり、ノワールもそれに参加した。

家の中で赤ちゃんパンサー三匹の追いかけっこが始まる。いくら体を小さくしているといっても、三匹が走り回ると流石に危ない。

案《あん》の定《じょう》、シモーヌが並べていたドミノに突っ込んできた。

「あーーーっ！」

シモーヌの叫び声に、とうとう母さんの雷が落ちた。

「いい加減にしないと、ご飯抜きよ！」

三匹はピタッと動きを止めると、それぞれの契約者のもとへ戻っていく。

レオはジルの側にうずくまり、ノワールも僕の膝の上に戻ってきたが、ルイはシモーヌの側に戻れずにウロウロしている。

シモーヌがご立腹《りっぷく》なのは一目瞭然《いちもくりょうぜん》だからね。

これは三匹のための運動場が必要かな。

従魔登録は既にしてあるけれど、そうしょっちゅう森に連れていく訳にもいかない。

だけどずっと家の中でじっとさせているのも可哀想《かわいそう》だ。たまには外でのびのび走り回りたいよね。

他の従魔持ちの人はどうしているんだろう？

運動させるためだけに森に入っているのかな。それだとちょっと危険じゃない？

森には強い魔獣だっているかもしれないのに。

そうだ、従魔用の運動場を作ってもいいかな？

考えをまとめた僕は、翌週、王宮にノワールを連れていった。

既に父上達や王宮の警備の人達には僕が従魔を連れていることを伝えてあるが、こうして王宮に連れてくるのは初めてだ。

「まあ、お兄さま。その子はなあに？」

子ども部屋に行くと、シャルロットが目ざとくノワールを見つけて目をキラキラさせている。

リシャールもすぐに駆け寄ってきた。

「僕の従魔のノワールだよ」

ノワールがシャルロットの足元に擦《す》り寄《よ》ると、シャルロットが怖々《こわごわ》ノワールの頭を撫《な》でる。

「柔《やわ》らかくて気持ちいいわ」

ノワールもゴロゴロと喉を鳴らしている。可愛い女の子には目がないのだろう。

シャルロットには僕が下町でも生活していることを伝えてある。

以前、僕が一歳の時に攫われた話をしたら酷《ひど》くびっくりしていたが、同時に納得したような顔をした。

「病気療養中だとお父様とお母様にお聞きしていましたが、どうしてお見舞いに行かないのか不思議に思っていました。何も知らずにお父様達を独り占めしていたことが申し訳ないですわ」

シャルロットが涙ぐみながら僕に告げたけれど、そんなことを気にしてほしくはなかった。

「泣かないで。僕が攫われたのはシャルロットのせいじゃないんだからね。それに僕には父上と母上、妹と弟も二人ずついるんだよ」

そう言って涙を拭《ぬぐ》ってやると、シャルロットはようやく微《かす》かに笑顔を見せてくれたっけ。

リシャールにはもう少し大きくなってから伝えよう。

流石にまだこの年で理解できるとは思えないからね。

シャルロット、リシャールと一緒にノワールと遊んでいると、昼食の時間になった。

ノワールを従えて食堂に向かうと、母上と、少し遅れて父上も入ってきた。

「アルベール。それが従魔契約をしたパンサーか？」

父上も母上も興味深そうにノワールを見つめている。

冒険者をしていた頃、普通のパンサーには何度か出会ったが、ノワールのような真っ黒なパンサーを見るのは初めてらしい。

「そうです。だけどあまり森に連れていけないので、どこか運動させられる場所があったらいいなと思ってるんですが、いいところはありませんか？」

父上はしばらく考えていたが、思い当たる場所があったみたいだ。

「確か、クレマンの家の近くに取り壊す予定の屋敷があったはずだ。そこを使えばいい」

そういえば、誰も住まなくなった屋敷があるって聞いた覚えがある。かなり古くて、取り壊すしかないらしい。

「他の従魔達も利用できるようにしていいですか？　魔獣を飼っているけど、遊ばせてやれる場所がなくて悩んでいる人もいると思うんです」

僕の言葉に父上は目を瞬《またた》いた。

「また何か思いついたのか？　身元がしっかりした者なら、利用できるようにしたらいい」

それならば管理人を置いて、利用料を支払うようにすればいいな。危険な思いをして森に行くよりは、こちらの方がいいと思う人もいるだろう。

従魔用の水飲み場とか、トイレや休憩所も必要かもしれない。

「細かいことは後で宰相と相談しろ」

とりあえずは食事に集中するようにと言われ、運動場について考えるのを中断した。

昼食を終えてから、部屋に戻る時に宰相がついてきてくれた。

わざわざ足を運ばせて申し訳ない。

「よろしくお願いします」

僕が頭を下げると、宰相はそれを止めた。

「アルベール王子。王族はそんなに簡単に頭を下げてはいけません」

今まで平民として生きてきたし、前世だって一般人だったからな。なかなか難しいや。

それはさておき、従魔用の運動場についての構想を話した。

屋敷の取り壊しは既に手配されていて、すぐにでも着工《ちゃっこう》できるらしい。

公園のようにあちこちに遊具を置く訳ではないが、管理人や利用者が待機できる建物や、トイレ、水飲み場などが必要だ。

それに日陰用の木を植えたり、草地を作ったり、トンネルを作ったり……

従魔の種類によって運動の仕方が違うから、どういったものが必要か考えないといけないな。

宰相が知っている限りの従魔を教えてくれて、二人で意見を出し合って計画を煮詰めていった。

それが終わった後、宰相はこの件について魔術団の人達と打ち合わせをすると言って去っていった。彼らは屋敷の解体にも協力してくれているようだ。

確かに、人力でやるよりは魔法の方が早いんだけどね。

最近は僕に関わる仕事が増えすぎているんじゃないかな？

団長のジェロームさんに言わせると「訓練の一環」らしいけど、そういうものだろうか？

確かに魔法の扱いに慣れる、という点では訓練の一環になると思うけどね。


やがて運動場造りが始まったようだ。

下町の家の近所なので、下町にいる時はちょくちょく顔を出して進捗《しんちょく》状況を確認していた。

本当は手伝いたかったんだけど、今回は魔術団発案の事業ということにしてあるので、流石にジェロームさんに止められた。

顔を出す際も、近所に住む少年のふりをしていたからね。

やがて運動場が出来上がったと連絡が入った。

随分と早いな。魔術団の皆さん、無理してない？

父上に施設の名称はどうするのか聞かれて悩んだ。

ドッグランに近いけど、ノワール達はネコ科だからキャットランにすべきかな。

いや、いろんな従魔が集まるんだから普通に運動場でいいか。

僕と父さんとジルでノワール、レオ、ルイの三匹を連れてきた。

シモーヌも来たがったけど、今日は初日で人も多いだろうからとお留守番だ。

オープンの噂を聞きつけて、従魔連れの冒険者達が大勢待っていた。

宰相に聞いた通り、いろんな従魔がいるんだな。

ワシかタカのような鳥を肩に乗せた人もいる。

鳥類の従魔がいてもいいように、運動場はドーム型の結界で覆《おお》ってあるんだ。

従魔だから逃げることはないと思うが、一応対策はしておかないとね。

他にもオオカミに似た従魔に、リスのような従魔を連れている人もいる。

開場後、料金を払った人達は皆思い思いに従魔を運動場内に放した。

中での魔法の使用や、他の従魔への攻撃は禁止だ。

他の従魔とのトラブルを起こさないようにするためだし、万が一人間に危害を加えたりしないためでもある。

また、夜行性の従魔もいるみたいなので、夜遅くまで開けてある。

来ていた人達の会話を聞いたけど、おおむね好評だ。

公園だと子ども達がいるし、森に連れていって強い魔獣に出会っても困るから、こういう場所ができて助かったと言っている人もいた。

ノワール達も早速追いかけっこを始めた。

全速力で駆けても怒られないので、とても気持ちがよさそうだ。

森の中だと木があったりして避けないといけないから、まっすぐ走れないしね。

自分の従魔が伸び伸びと走り回ったり飛び回ったりしている光景に、嬉しそうにしている人達を見ると、公園のお披露目の時を思い出す。やっぱりこういう景色を見ると、頑張ってよかったと思えるよね。

この施設についても、他の町から問い合わせが来るのかな？

そちらに関しては、父上や宰相に任せるとしよう。


その日もノワールを連れて運動場に来ていた。

ノワールを運動場に放し、僕はベンチに座ってノワールが走り回るのを眺めていた。

すると、走り回っていたノワールが急に動きを止めて、地面の匂いを嗅《か》ぎ出《だ》した。

どうしたんだ？

ノワールの動きをじっと見ていると、しばらく匂いを嗅ぎ回った後、地面に体をこすりつけるように寝転がった。

何をやってるんだ？

マタタビを嗅いだ猫みたいな行動だな。

この世界にもマタタビなんてあるんだろうか？

似たようなものがあってもおかしくはないかな。

やがて、ノワールがピクリとも動かなくなった。

そうなるとちょっと心配になってくる。

僕は急いでノワールのもとへ駆け寄った。

「どうした、ノワール？　大丈夫か？」

すると、ノワールは喉をゴロゴロ言わせながら目をトロンとさせていた。

『アル？　なんだか凄くいい匂いがするんだよ。このままずっとここにいたいな』

いい匂い？

鼻をひくつかせてみるけれど、僕には何も感じられなかった。

動物と人間では嗅覚に差があるから当然だろう。

それでもノワールの行動に何か危険なものを感じて、僕は慌ててノワールを抱き起こした。

『え～？　アル～　どうしたの～？』

ノワールが間延《まの》びした声を発するが、お構いなしにノワールを抱いてその場を離れる。

ノワールを抱き上げた際、その場に【クリーン】をかけ綺麗にしておいた。

こうしておけば、他の従魔はノワールのようにならずに済むだろう。

ノワールを抱いて先程まで座っていたベンチに戻る。

抱きかかえられる大きさになってもらっていて正解だったな。

ベンチにノワールを横たえてしばらくすると、匂いの効果が切れたのかガバッと体を起こした。

『あれ？　僕、何してたっけ？』

どうやら何も覚えていないようだ。

「何かの匂いを嗅いで動けなくなっていたんだよ」

僕の説明にもキョトンとしているだけだ。

「今日はもう帰ろう。十分遊んだだろう」

そのまま僕は、ノワールと一緒に運動場を後にした。

◇◆◇◆◇◆

公園の中には、アルベールとノワールの動きを観察している男が立っていた。

その男は、アルベール達が運動場を出ていくのを見送ると「チッ」と舌打ちをする。

「まだ薬の効き目が弱かったか……あんなにすぐに回復しては、私の出番がないな」

男の目論見では、ぐったりしたノワールを介抱するふりをして攫ってくる予定だった。

たとえ相手が子どもであろうが関係ない。

長年欲したブラックパンサーを手に入れるためならば、手段を選ばないつもりだったが、チャンスを逃してしまった。

だが、いずれまたチャンスはやってくる。
ブラックパンサーの所有者があの少年だと判明しているのだ。
あの時に比べたら、遥《はる》かに容易《たやす》いはずだ。
男は自分の従魔を連れて運動場を去っていった。

第三章　シャルロットの入学

一年生の授業がすべて終わって春休みに入った。

本来ならばのんびりとした日々を過ごすはずだったのに、たった一人のせいで台なしになった。

その一人とは、もちろん父上だ。

四月からシャルロットが学校に通うため、その護衛騎士の選出から侍従・侍女の選出、持っていく衣装など、あらゆることに口を挟んでいる。

人事ならまだしも、衣装にまで口を出すなど、シャルロットにドン引きされているのに気付かないのだろうか。

その人事だって、シャルロットの護衛騎士は女性のみだとか、世話役も女性だけがいいから侍女から選出しろとか、とにかくシャルロットに男を近付けないようにとしているが、すべて母上に却下されていた。

護衛騎士も侍女も生徒が務めるけど、当然皆にも自分の授業がある。そのため、交代で業務を行う訳だが、時間割によっては女性だけでは厳しい場合もある。

だからこそ男女でやり繰りしなければならないのだが、父上は「変な虫をシャルロットに近付ける訳にはいかない」の一点張りである。

もちろん僕だってその考えには賛成なんだけど、だからといって母上に言えない愚痴《ぐち》を僕にぶつけるのはやめてほしい。

今日も王宮に行き、両親の部屋に挨拶に向かうと、舌戦《ぜっせん》を繰り広げている二人がいた。

「だからそれは駄目だと……」

「いいえ！　そういう訳には……」

これはまずいところに来たなと思って、踵《きびす》を返そうとしたけど。

「「アルベール。ちょうどいいところに……」」

残念！　逃げられなかった……

仕方なく二人の話に付き合うが、はっきり言って迷惑極まりない。

僕だって可愛い妹のことだから無下《むげ》には扱いたくないが、流石に限度っていうものがあるよね。

そこで母上は、既に婚約者のいる男性のみを護衛騎士と侍従にさせると言って父上を黙らせた。

貴族で既に婚約者がいれば、流石に他の女性に手を出したりはしないだろう。

そもそもシャルロットは王女だから、気楽に口説《くど》いたりはしないと思うけどね。

だけど恋愛なんてどこでどうなるかわからないから、その場合はしょうがないと思う。

学校に通う前からこれだから、シャルロットの婚約なんてことになったら一体どうなるのやら、まったく先が思いやられるよ。

今も近隣諸国から婚約の打診《だしん》があるらしいが、父上がすべて断っているようだ。

やっと落ち着いて庭園でお茶を飲んでいると、宰相が僕がいることを知って挨拶に来た。

僕は宰相に先程までの騒ぎについて話した。

宰相は最後まで話を聞き終えると、ため息をついてこう言った。

「ですが、シャルロット様の婚約も時間の問題ですね」

「どうして？」

宰相はこっそりと打ち明けてくれた。

「国交の安定のためには王族の輿入《こしい》れも必要ですからね。シャルロット様はいずれ、どこかの国に嫁《とつ》がれることになります」

申し訳なさそうな顔で宰相は言うが、王族として生まれた以上、自由恋愛はできないのはわかりきっている。

父上と母上も幼少の頃からの婚約者だったと聞いている。あれだけ仲がいいから恋愛結婚かと思っていたので、それを聞いてびっくりした。

シャルロットには、政略結婚でも両親のように愛し合って結婚してもらいたいが、それは贅沢《ぜいたく》な望みだろうか？

そういう立場から言えば、僕も政略結婚をせざるを得ないかも知れないが、今のところ何も言われていない。

国内外で僕は病弱だと広まっているので、様子見をしているといったところだろうか。

「お兄さま。ここにいらっしゃったのね」

声がした方を見ると、シャルロットとリシャールがやってきた。

「やぁ、シャルロットにリシャール。元気だった？」

シャルロットは僕の向かいに腰掛けたが、リシャールは足元に寝そべるノワールに突進している。

ノワールは安眠を妨害されて、しっぽでペシペシとリシャールを叩いているが、いつもの光景だ。

「学校の準備は終わったかい？」

僕が聞くとシャルロットは、ほうっとため息をついた。

「大体終わりました。だけど、入学式にお父様が何か問題を起こしそうで怖いですわ」

あー、それは確かにありそうだ。

「母上に頑張って阻止してもらうしかないかな」

そう言って、僕とシャルロットは揃ってため息をつくのだった。

シャルロットの入学式を明日に控《ひか》え、僕は寮に戻ることになっている。

時間通りにサミィが家にやってきた。これから揃って寮に戻るためだ。

「お待たせ……あれ？　何かあった？　そんな浮かない顔してさ」

サミィが僕の顔を見て首を傾げた。

「やぁ、サミィ……学校に着けばわかるよ」

僕の答えにサミィはますます不思議そうな顔をする。

やがて馬車が来たので、サミィと二人で乗り込む。

「学校に何かあるの？」

馬車の中でサミィが聞いてくるけど、今ここで口にできる話ではない。

「学校に着けばわかるよ」

先程と同じ言葉を繰り返すと、王宮絡みの話だと悟ったサミィはそれ以上は何も聞かなかった。

やがて馬車が学校に到着した。

馬車を降りたサミィは、口をあんぐりと開けて固まった。

僕も流石に驚くと同時に、頭を抱えたくなった。

学校の門の横に設置されていたのは、巨大なスクリーン型魔導具だった。

「ねぇ、アル。これってもしかして明日の入学式を映すためのもの？」

僕は力なく頷いた。

まさかここまで大きなスクリーン型魔導具だとは思ってもみなかった。

子どもの頃、ドミノ大会で使われたものよりもでかい。


事の発端《ほったん》はもちろん、父上だ。

あろうことか、入学式を見に行きたいと言い出した。

いくら国王とは言え、流石に許可はされなかった。もちろん警備の問題があるからだ。

それならばと、入学式の様子を映像魔導具に収めればいいとごねた。

それも入学式を王家が私物化するみたいだと却下されたけど、今度は他の人々にも見てもらえばいいと言い始めた。

結果、貴族側と平民側の学校の門の横に、スクリーン型魔導具を設置することになったのだ。

どうやら他の親バ……いや、子煩悩《こぼんのう》な貴族の賛同を得ていたらしい。

母上も仕方なさそうな顔をしていたが、この件、実は母上が裏で糸を引いていたのだ。

父上の提案を却下しながら、自分が思う方向へ誘導《ゆうどう》していた。

二人のやりとりを聞いている時に「あれっ？」と思って母上を見ると、扇で顔を隠しつつ、僕に向かって口元でシーっと人差し指を立てて見せた。

なるほど。

父上は母上の手の上で転がされているんだな、と納得した。

「アルも嬉しいんだろ？　顔がニヤけてるよ」

サミィに指摘されて、僕は慌てて顔を引き締める。

荷物を片付けて食堂でサミィとお茶を飲んでいると、ラウルがやってきた。

「やぁ、アル、サミィ。もう来てたのか」

そう言って僕の前の席に腰を下ろす。

休み明けのラウルが疲れている様子なのは、今に始まったことではない。

「……やっぱり忙《いそが》しいみたいだね」

申し訳なく思いながら声をかけると、何を今更、といった顔で見られた。

「おかげさまでね。感謝していいのか、文句を言っていいのかわからないくらいだよ……それにしても、あのスクリーンの大きさには恐れ入ったね」

ラウルにも言われて、僕は苦笑いすることしかできなかった。

翌日、入学式が始まる頃に僕とサミィは門の横に設置されたスクリーン型魔導具の前に行った。

ラウルも誘ったが、「休めるうちに休んでおく」と断られた。

もちろん文句は言えない。

スクリーン型魔導具の前は既に見物人で一杯だった。新入生の親だけでなく、通りすがりの人達もいるらしい。映像が見えそうな位置に陣取ると、魔導具が起動して入学式が行われるホールの様子を映し出した。

去年と同じように式が進行され、午前の平民の入学式が終わる。

午後からの貴族の入学式は、更に大勢の見物人で溢れていた。

皆の目当てはもちろんシャルロットだろう。そう思うのは兄の欲目だろうか。

やがて入学式が始まる。

新入生代表はやはりシャルロットだ。

シャルロットの姿がスクリーンに映し出されると、周りから感嘆の声があがる。

それを聞いて喜びに打ち震えていると、サミィに頬をつつかれた。

「アル。顔が緩んでるよ。もっと引き締めないと兄の威厳《いげん》がないよ」

「誰も見てないからいいんだよ。ってか、ここでそれを言うなよ」

「大丈夫。誰も聞いてないよ」

まぁ、確かに皆スクリーンに釘付けになっているから、大丈夫だろう。

それにしても、居並ぶ貴族の中でシャルロットが一番可愛いと再認識した。

サミィに呆れられるから口にはしないけどね。

こうして無事に入学式は終わった。


入学式の翌日に始業式があり、二年生の授業が始まった。

シャルロットとは授業が被らないので、校内で出会うことはなかったが、彼女の噂話はチラチラと耳に入ってきていた。

そんなある日、授業が終わった途端、教室を飛び出していく男子生徒が数名いた。

「何事だ？」

僕が問うと、サミィがからかうような目で僕を見た。

「貴族側の門が見えるところに行くらしいよ。なんでも、シャルロット様の姿が見られる時間帯があるんだって」

サミィの言葉に僕は呆れた。

出待ちかよ。前世のアイドルみたいだな。

そうやって必死になって見ようとしているシャルロットとは隔週末《かくしゅうまつ》、王宮で会えるのだ。

僕が優越感に浸《ひた》っていたのは内緒にしておこう。

今日は体を動かそうと騎士の訓練に参加することにした。

サミィと一緒に木剣を振っていると、部屋の入り口がざわざわし始めた。

何か前にもこんなことがあったような……

まさか、また父さんが来た訳じゃないよね。

そう思って入り口を見ていると、そこに現れたのはシャルロットだった。

数人の護衛騎士を従《したが》えているのが見える。

どうやら護衛騎士が訓練に参加するので、見学を兼ねて一緒に来たようだ。

先生に見学用のベンチに案内されて、シャルロット達はそちらへ移動する。

訓練に参加している騎士は男女問わず、訓練の手を止めてシャルロットの姿を目で追っている。

当然、僕とサミィもシャルロットを見ていた。

サミィがすっと僕の隣に来て小声で囁《ささや》いた。

「なんで手を止めるんだよ。毎週王宮で会ってるんだろう?」

ちょっとからかうような口調に僕はむっとする。

「毎週じゃないよ。それに王宮と学校じゃ雰囲気が違うだろ。別に見たっていいじゃないか」

最近のシャルロットは随分と大人びてきて、可愛いと言うよりは綺麗《きれい》という表現がぴったりくるんだよね。

そのうちにシャルロットはベンチに座り、一人の護衛騎士を残して他の騎士は訓練へと向かった。

どうやら交代で訓練に参加するようだ。

「ほら、皆さん！　訓練に戻って！」

先生の声に、シャルロットに注目していた生徒達はそれぞれの訓練へと戻っていった。

僕もまたサミィと一緒に木剣を振る。

シャルロットにかっこいいところを見せたいけど、気負いすぎると逆に無様《ぶざま》な姿を晒《さら》す羽目になる。それだけは避けたい。

要はいつも通りの訓練をすればいいだけだ。

一通りサミィと打ち合った後で、僕は休憩《きゅうけい》を取ることにした。

シャルロットのいるところから少し離れたベンチへと移動する途中で、シャルロットと目が合った。

周りに気付かれないように小さく手を振ると、シャルロットは僕を見てニッコリと微笑んだ。

その途端、どよめきが起こった。

「シャルロット様が微笑んだ」

「今のは私を見て微笑まれたんだ」

「何を言う！　僕に決まっているだろう！」

「いや、違う！　私だ！」

あちこちから歓喜の声があがり、当のシャルロットは困惑の表情を隠せない。

僕も周りの反応にたじろぐばかりだ。どうやら貴族の騎士らしいが、一体どこからそんな自信が出てくるんだ？

隣にいるサミィは何が原因かわかっているので、笑いを堪《こら》えている。

「ほんとにアルといると退屈しないよね」

今のは僕のせいじゃなくて、勘違いした他の人達のせいだと思うんだけどな。

やれやれ、学校でシャルロットと交流するのは避けた方がよさそうだ。

僕とシャルロットは目を見合わせると、お互いに小さくため息をついた。

第四章　新たな開発

学校生活も滞りなく進み、僕は三年生に、シャルロットは二年生に進級した。
そしてジルも一年生になるのだ。
入寮のため、僕より一日早く学校へと出発する。
明日には僕も学校へ行くけれど、その時間はジルは試験の真っ最中だろう。
試験の勉強は僕が見てきたし、魔力も問題ないはずだ。
父さんと馬車に乗り込むジルを皆で見送る。
最近のジルはますます父さんに似てきたし、随分と背が伸びた。
「じゃあ、兄さん。明日学校で会おうね」
ジルが馬車の中から手を振る。
「ああ。試験、頑張れよ」
僕の激励《げきれい》にジルは笑って頷く。
シモーヌはと言うと、あっさりと「行ってらっしゃい」と手を振るだけだ。

最近は近所の女の子達と遊ぶことが多くて、ジルとはあまり遊ばないらしい。

小さい頃は僕達にべったりだったのに、寂しい限りだ。そのうち口もきいてくれなくなるのかな。

そんなことにだけはなってほしくないな。

翌日、いつものようにサミィと一緒に学校へ向かう。

今年もまた、門の横にスクリーンが設置されていた。

「あれ？　去年だけじゃないのか？」

サミィの問い掛けに、僕は頷いた。

「今年の新入生を子どもに持つ貴族達から切望されたらしいよ。それに、数年後にはリシャールも入学するからね。恒例行事にしておけば、どこからも文句は出ないだろう」

サミィはやれやれとばかりに肩を竦《すく》めた。

荷物を片付けて食堂でまったりしていると、ラウルがやってきた。

「やぁ、相変わらず早いな」

そう言いつつ、僕の前に腰掛ける。

「アルの弟が入学するんだって？」

ラウルに聞かれて僕は頷いた。

「そう。よろしく頼むよ」

「会うのは初めてだから楽しみだな」

確かに、ラウルには僕の家族を会わせたことはなかったな。

僕の生い立ちも告白したし、家に遊びに来ても構わないんだけど、ラウルも僕もそれなりに忙しいので、なかなかそんな機会がなかったのだ。

翌日、平民の入学式が始まる頃に門の横のスクリーンに向かった。

そこには既に人だかりがしていて、その中に父さんと母さんとシモーヌの姿があった。

「やぁ、アル。そろそろ始まるみたいだぞ。アルの時はリオネルが映像を撮ってくれたけど、今年は無理かなぁ？」

そんなこともあったね。

リオネル君なら、なんだかんだ理由をつけて撮影しそうだけど。

やがて入学式が始まった。

ジルはAクラスで新入生代表として挨拶をしていた。

「うちの息子は二人共優秀で、素晴らしいな」

父さんの言葉に、母さんも嬉しそうに頷いている。

僕が父さん達と話していると、サミィとラウルがやってきた。

「はじめまして。ラウルです」

ラウルが父さんに挨拶すると、父さんはラウルを見て破顔《はがん》した。

「はじめまして。君がラウル君か。アルにはうちの兄共々振り回されているみたいだね。まったく申し訳ない。これからもよろしく頼むよ」

何やら失礼なことを言われているぞ。

それを受けてラウルも「そうですね」などと返事をしている。

そこは嘘《うそ》でもいいから否定してほしかったよ。


入学式から数日。そろそろ魔導具作りを再開しようと思い、魔導具作成の教室を訪れた。

この学校では、一、二年生の間は一通りの授業を受けられるが、三年生からは将来自分がなりたい職業の専門授業を受けるようになる。僕は結局将来の自分を思い描けず、なんとなくで魔導具作成の授業を選んだ。サミィとラウルは三年生になった時、それぞれ別の専門授業を選択しているので、一緒に行くことはできない。

ちなみに、サミィは騎士科を、ラウルは商業科を選んだそうだ。

「おや、アル君。久しぶりじゃないか」

リオネル君が僕に声をかけてくれる。その姿はいつも通りのリオネル君で、少しほっとした。

教室には来たものの、具体的に何を作るかは決めていない。

我が家の場合、皆魔力を持っているから大概《たいがい》のことは魔法で済ませてしまうのだ。

下町の魔力を持たない人がどういった魔導具を欲しいか、今一つ考え付かない。

こうなったら、おもちゃでも作るかな。

魔石が内蔵されたおもちゃなら、魔石の交換でずっと使えるだろう。

だけど、流石にテレビゲームなんて作れないかな。

前世のゲームセンターにあったもので、再現できそうなのって何かあるかな？

ゲームセンターに置いてあったものを思い浮かべるが、ほとんどがコンピューターゲームのようなものだったな。

エアホッケーなんてものもあったけれど、作るのが面倒くさそうだ。

クレーンゲームも無理だな。

だったらいっそ、魔石を使わないおもちゃでも作るかな。

そこで、以前使った【プラ】の魔法でおもちゃを作ることにした。

一番簡単そうなのはフライングディスクだよね。

これならば一人でも遊べるし、二人で投げ合ってもいいし、もしかしたらノワールと遊べるかも。

僕は前世で遊んだフライングディスクの形を思い出しながら、「【プラ】」と唱えた。

手元がピカッと光って、前世と同じ形のディスクが現れる。

僕が魔法を使ったことに気付いたリオネル君が、つかつかと僕の方に歩み寄ってきた。

「アル君、今度は何を出したんだい？」

その目は興味津々といった感じで僕の手元を見ている。

「おもちゃを作ってみたんです」

そう言って、できたばかりのディスクをリオネル君に差し出す。

リオネル君はそれを受け取って怪訝《けげん》な顔をした。

「おもちゃ？　どう見てもお皿にしか見えないけど……」

リオネル君が受け取ったディスクをひっくり返したりしながら、何か仕掛けがないかというように吟味《ぎんみ》している。

知らない人から見たらそう思うよね。

実演しようにも、流石に教室の中ではできないな。

「リオネル先生。それは外で使うものなんです。運動場に行きましょう」

立ち上がって教室を出ようとすると、他の生徒達も一斉に立ち上がった。

えっ？　皆ついてくるつもり？

自分の魔導具作りに専念してくれていていいのに……

「駄目だ」とも言えないので、諦めてそのままにしておいた。

リオネル君が止めないのならば仕方がない。

ぞろぞろと皆で運動場に向かう。

ここら辺でいいかな。

僕が足を止めると、皆も一様に足を止めた。

「誰か一人、少し離れたところで向かい合ってもらえませんか？」

「僕が行こう」

先輩の一人が手を挙げてくれた。

「僕がこれを投げますから、取れそうだったら取ってください。無理なら下に落ちてから拾って構いませんよ」

僕のアドバイスに、先輩は軽く頷くと向こう側へ歩いていった。

先輩が適当な距離を取ったところで声をかける。

「その辺りで大丈夫です」

先輩が立ち止まってこちらを向く。

「行きますよ！」

久しぶりだけど上手く投げられるかな？

フライングディスクを右手に持ち、左後ろから前へ、水平に投げる。

ヒュッと空気を切ってディスクは先輩目がけて飛んでいく。

先輩は勢いよく自分に向かってくるディスクにたじろいでいたが、目の前に来た瞬間、「【ファイア】！」と唱えてディスクを燃やしてしまった。

「あ、しまった！」

そう呟いた先輩の足元には、燃え残ったディスクの残骸《ざんがい》が落ちている。

僕を含め、誰もがポカンとそれを見つめた。

「何をやっている！　受け取れと言われただろう！　無理だと思えば避ければいいのにどうして燃やすんだ！」

リオネル君の叱責《しっせき》に先輩は肩を竦めた。

「すみません。条件反射でつい……」

まあ、魔導具作りをするんだから魔力はあるよね。

自分に向かってものを投げられたら、反射で攻撃してしまっても無理はない。

「気にしないでください。すぐに新しいものを出しますから」

先輩が気に病《や》まないように、すぐに新しいフライングディスクを出す。

「もう一回行きますよ」

改めて先輩に向かってディスクを投げた。

今度は燃やされなかったが、先輩はディスクを受け止めきれず、弾いて落とした。

「今度はこちらに投げてみてください」

先輩はディスクを拾って投げたけれど、投げ方が違うため数メートル先にポトンと落ちた。

やっぱり投げ方をレクチャーしないと駄目だな。

先輩の立っているところに駆け寄ってディスクの持ち方と投げ方、そして取り方を教える。

今度は上手く投げられそうかな。

試しにもう一度先輩に投げてもらうと、距離は伸びなかったものの先程よりは遠くに飛んでいった。

離れたところにいるリオネル君が、足元に落ちたディスクを拾い上げた。

リオネル君がチョイチョイと僕に向かって手招きをするので、急いで駆け寄る。

「これは魔力で飛ばした訳じゃないよね？　どうしてこれがあんなに飛ぶんだい？」

そんなことを聞かれても、僕には説明できない。

科学的な理由があるんだろうけど、僕はそこまで詳しくはないしね。

「軽いし、勢いをつけて投げるから飛ぶんですよ。それよりリオネル先生も投げてみませんか？」

リオネル君を含め、他の生徒達にもわかるように、投げ方、取り方を説明する。

一通り説明し終わると、リオネル君は先程僕が相手をしていた先輩に向かってディスクを投げた。

レクチャーが上手くいったようで、リオネル君の投げたディスクはまっすぐ先輩に向かって飛んでいく。

先輩は今度は避けることもなく、両手でディスクを挟むようにキャッチした。

「おおっ、凄い！」

「アル君、次は僕がやりたい」

「いや、僕が……」

他の生徒達が騒ぐ中、向こうの先輩からリオネル君に向かってディスクが投げられる。

パシッ！

リオネル君が華麗にワンハンドキャッチを決める。

「わあっ！　リオネル先生素敵！」

女の子の黄色い声があがると、リオネル君はそちらに向かってにっこりと微笑む。

どうやら彼女達は、魔導具作りよりもリオネル君が目当てでこの授業に参加しているみたいだな。

「ねえ、アル君。これはただ投げて遊ぶだけのものかい？」

リオネル君は、再びディスクをまじまじと眺めながら僕に聞いてくる。

「飛ぶ距離を競うこともできますよ。あとは、的をめがけて投げる、とか、フライングディスクリレーとか」

「フライングディスクリレー？」

リオネル君がまた怪訝な顔をする。しまった。この世界にはリレーは存在しないんだ。

「フライングディスクっていうのはこの円盤《えんばん》のことです。リレーっていうのは、何人かが等間隔に立って、フライングディスクを投げ渡して、最終的にゴールまでにかかった時間の短さを競う競技です」

リオネル君に説明するとしばらく考えていたが、やがて満足そうに頷いた。

「ふむ、なるほど。それじゃあ、これをモーリアック商会に登録して販売してもらうようにしようか」

さっさと決めてしまったけれど、あれは絶対に何かを企《たくら》んでいる顔だな。

僕は巻き込まれるフロランさんは可哀想だな、と呑気《のんき》に考えた。

フライングディスクを作ったけれど、これで遊ぶには広いスペースが必要だ。

家の中で遊べるおもちゃも作らないとね。

以前はよく木のおもちゃを作っていたっけ。

だったら久しぶりに、また木のおもちゃを作ろう。

そこで思い浮かんだのが、直方体のパーツを三本ずつ縦横に組み上げてタワーを作り、そこからパーツを引き抜いて上に積み重ねていくテーブルゲームだ。

これならば場所も取らないし、何人でも遊べるぞ。

早速教室に戻って、魔法で同じ大きさの直方体の木のパーツを五十四本出すことにした。

僕のかざした手がピカッと光ると、テーブルの上に同じ大きさの大量の木片が現れた。

もちろん手触りがいいように角は削《けず》ってある。

やはりリオネル君は真っ先に駆け寄ってきた。

「今度は何が始まるんだい？」

リオネル君だけでなく、他の生徒達も僕のテーブルに集まってくる。

なんでこんなにも注目されるのかな？

まあ、わざわざ声をかけなくても集まってくれたのでよしとしよう。

僕は別に出した組み立て用のガイドパーツに沿い、出したばかりの木片を三本ずつ交互に重ねていく。

組み終わったところで、手で形を整える。

ガイドを外すと、綺麗なタワーが出来上がった。

「これは、木片を一本ずつ抜いて上に重ねていく遊びです。最終的に塔を倒した人が負けになります。一度やって見せましょうか」

僕はその場にいる生徒達の中から三人を選び、僕を含め四人でゲームを開始した。

「それじゃあ、じゃんけんで順番を決めようか」

僕にとっては何気ない一言だったが、周りの皆は不思議そうな顔をした。

「ジャンケン?」

「なんですか、それは?」

なんてこった!

そういえば、この世界でじゃんけんなんてした覚えがなかったのを思い出した。しょうがない。

こうなったら、この世界にもじゃんけんを普及させよう。

そうすれば身分に関係なく公平だし、わざと負けようとしたらタイミングがずれるからすぐにわかるしね。

「じゃんけんというのは、何かの順番を決める時などに使う手段です。『じゃんけん、ぽん』という掛け声を使い『ぽん』の時に手で形を作って出します」

皆僕の説明を真剣な眼差しで聞いている。

「まずこれが『グー』で石を表します。そしてこれが『チョキ』、はさみです。それからこれが『パー』で、紙を表します」

そこで隣にいる男子生徒を相手に実演してみせることにした。

「じゃんけん、ぽん」

僕がグーを出すと、彼はチョキを出した。

「この場合、はさみで石は切れないので僕の勝ちです。逆に彼がパーだと石を包み込めるので彼の勝ちです。彼がパーの場合、僕がチョキだと紙を切れるので僕の勝ちです。同じものを出したり、三つとも出た場合はやり直しになります」

説明し終わって皆を見回すと、納得したように頷いていた。

こうしてじゃんけんで順番を決め、ようやくゲームの開始だ。

最初の子が迷ったあげく、上部の左のものを一本抜いて上に重ねた。

二番目が僕だったので、下の方の真ん中から一本抜いてみせた。

ちょっとすべりが悪いかな。この辺はもう少し改良しよう。

それか、木製じゃなくてプラスチック製にした方がいいかもね。

そんなことを考えているうちに、ゲームはどんどん進んでいった。

「うわあ、どうしよう。どこを取ったらいいかな」

もうどこを抜いても倒れそうになっている。

その子が意を決して半分まで抜いた瞬間。

ガシャーーン！

派手な音を立ててタワーは崩れ落ちた。

「はいっ！　次は私がやりたいです」

「いや、僕だって！」

誰もがキラキラとした目で手を挙げる。

「はい！　皆落ち着いて！　こういう時こそじゃんけんだよ。そうだよね、アル君」

そう言うリオネル君の目がギラギラと光っている。

僕は少し顔を引きつらせながら「そうですね」と同意した。

他の生徒達がゲームに興じている中、僕は教室の片隅でリオネル君と向き合っていた。

「アル君にはいろいろと聞きたいことがあるんだけどねえ。まあ、聞いても無駄だと思うから、こういうものだと諦めた方がいいのかもね。ところで、あのゲームの名前は何かな？　商品化の申請をするんだろう？」

リオネル君にゲームの名前を聞かれて、ちょっと考えた。

前世と同じ名前を付けてもいいけど、由来を聞かれても答えられないしね。

それならばいっそ、そのままの名前を付けた方がいいかな。

「『ドキドキタワー』はどうですか？」

どこで倒れるかわからないドキドキ感がたまらないよね。

バランスさえ保てれば、どこまでも積み上げられると思うけど。

「わかった。今回はグランジュ商会にお願いしようか。ラウル君に伝えておいてね」

あ、リオネル君ってば、僕に面倒事を押し付けたな。

仕方ない。

これを作ったのは僕だから甘んじて受け入れよう。

もちろんこれも大ヒットして、後に僕はラウルから恨み言を聞かされるのだった。


夏休みに入ったある日、下町で朝食を食べていると、バンッと扉が開いてモーリアック商会の商会長であるフロランさんがズカズカと部屋に入ってきた。

突然の訪問に、僕が目を白黒させていると。

「おはよう、アル。さあ、フライングディスク大会が始まるぞ。さっさと食べて行くぞ！」

フライングディスク大会？

そんなこと聞いてないんだけど……

そこで僕は、フライングディスクを作った時のリオネル君の顔を思い出した。

何か企んでいそうだと思ったのはこれか。

そういえば、前にドミノ大会を発案したのもリオネル君だったっけ。

フロランさんに急《せ》き立《た》てられるようにして朝食を終えると、家の前で待っている馬車に押し込まれた。

「まったく、リオネルのやつめ。売り上げに貢献してくれるのはいいが、規模がでかすぎる」

馬車の中でフロランさんはブツブツと文句を言っていたが、それでも楽しそうに仕事をしているんだから、ただ愚痴りたいだけなんだろう。

着いた場所は以前ドミノ大会をやった広場だった。

前回のようなスクリーンは設置されていなかったけれど、ところどころに魔術団の人だとわかる人物が立っていた。

彼らはなんのためにいるんだろう？

フロランさんに連れられて行った先は、どうやら出場者の控室だった。

老若男女さまざまな人達がいる。

「フライングディスクの購入者から出場者を募集したんだがね。かなりの人数が応募してくれたので抽選《ちゅうせん》にしたんだよ。年代別、男女別で競技を行うが、アルはまた今回も特別枠で参加だ」

フロランさんが説明してくれたけれど、そんな特別扱いはいらないかな。

だけど、ここまで連れてこられた以上やるしかない。

やがて大会が始まった。

開始の挨拶はもちろんフロランさんだ。

意外とこういう目立つことが好きみたいだな。

「フライングディスク大会においでいただき、ありがとうございます。本日はフライングディスクの飛距離を競うものと『フライングディスクリレー』という競技を行います。お知り合いが出場されている方は応援をよろしくお願いします」

周りの見物客から拍手が沸き起こり、いよいよ競技が始まった。

まず投げるのは十歳未満の男女だ。

最初の子がディスクを投げる位置に立つ。

足元にラインが引いてあり、このラインを越えると失格になるらしい。

その子はラインから少し足を離して立つと、サッとディスクを投げた。

「おおっ」

観客がどよめく。

中にはフライングディスクを初めて見た人もいるらしく、「あれはなんだ?」とか「あんなものが飛ぶのか？」とかいう声があがっている。

その子の投げたディスクが地面に落ちると、一人の魔術師が魔石をサッとその位置に飛ばした。

ディスクの代わりに魔石が地面に置かれ、ディスクは投げた子の手元に戻る。

地面に置かれた魔石はキラキラと光を放っている。

なるほど。このための魔術師か。

どうせまた訓練の一環として連れてこられたのだろう。

後で聞いたところ、万が一ディスクが観客に向かって飛んでいった場合の防御の役目も担っていたそうだ。

次に投げた子も同様にディスクの代わりに魔石が置かれたが、こちらは先程とは違う光を放っている。

色が違うからわかりやすいな。

旗を立てた場合、その旗に他の人の投げたディスクが当たらないとも限らないが、これならば地面に落ちるまで当たることはないし、誰がどこに飛ばしたかもわかりやすい。

感心しているうちに競技は進んでいき、いよいよ僕の出番となった。

十一歳から十五歳までの男の子の枠である。

集《つど》った人の中にはかなり体格のいい人もいたけれど、要は投げ方だからね。

気合を入れて挑んだところ、結果は二位だった。

その後も競技は進み、次はフライングディスクリレーとなった。

「リレーってなんだ？」

「さあ？」

観客の多くが首を傾げる中、競技の説明が行われる。

出場チームは五チームで、競技場にそれぞれ等間隔に立った。

ゴール側の選手の側にそれぞれ魔術師が立っているが、彼らは今度は何をするんだろう？

疑問に思いながらも見ていると、やがて競技が始まった。

合図と同時に、スタート地点の人が次の人に向かってディスクを投げた。

次の人はキャッチすると素早くその次の人に向かってディスクを投げる。

中にはキャッチしそびれて落とす人や、あらぬ方向へディスクを飛ばす人もいた。

これには会場も大いに盛り上がっている。

やがて、最初にディスクをゴールに到達させたチームが出た。

ゴールした瞬間、側にいた魔術師が光を飛ばす。

なんとも派手な演出だな。

確かにわかりやすいけどね。

かくして、フライングディスク大会は盛況のうちに幕を閉じた。

楽しかったけれど、次回からは特別枠の出場は断固拒否しようと心に誓った僕だった。

『フライングディスク』に『ドキドキタワー』と、魔導具とはまったく呼べないおもちゃを作ってしまったけれど、やはり何か魔導具を開発しようと思った。

授業中、何を作るべきかペンを持ちながら考える。

ふと、先日の休みにシモーヌと公園に行った時のことを思い出した。

シモーヌと一緒に公園で遊んでいたら、子どもを連れて遊びに来ていた女の人同士の会話を聞いたのだ。

「あら、どうしたの？　髪が濡《ぬ》れているじゃない」

「そうなのよ。この子がソースが付いた手で私の髪を触ったから、慌てて拭《ふ》いたんだけど匂いが取れなくて結局洗う羽目になっちゃって。そうしたら乾かないうちに『公園に行く』って言い出して。今はいいけど、寒くなったらとても出られないわ」

「ほんと。寒い時は髪を洗うのが億劫《おっくう》よね。乾きが悪いと子どもも風邪をひきそうだわ」

その会話を聞いて僕はあっと思った。

我が家では皆魔法が使えるから、髪を洗ってもすぐに乾かすことができる。

だけど、魔力を持たない人はそうはいかないだろう。

そこで、ドライヤーを作ろうと思いついたのだ。早速魔法で作ってみよう。

風の魔石だけでは冷たい風しか出ないから、火の魔石と組み合わせて温かい風が出るようにする。

温風も温かさを調節できるようにすれば、自分の好みの温度で使えるよね。

「おや、今度は何を考えついたんだい？」

リオネル君がタイミングを見計らったように僕の側に来る。

この人絶対に僕のこと監視してるよね。

「髪を乾かす道具で、ドライヤーって言います」

リオネル君は僕からドライヤーを受け取ると、早速スイッチを入れた。

音もなく温かい風がドライヤーから出てくる。

前世でもこんな静かなドライヤーが欲しかったな。

ドライヤーを使って髪を乾かしていると、テレビの音が聞こえないと家族に怒られたっけ。

あの時は『文句を言うなよ！　しょうがないだろう』なんて言い返していたのが今となっては懐かしい思い出だ……

いかんいかん。

ちょっとしんみりしてしまったな。

「いいんじゃないか。後で商会に送る書類の提出を頼むよ」

ドライヤーを僕に返すと、楽しそうにリオネル君は僕から離れていく。

何も突っ込まないリオネル君が逆に不気味に思えるなんて、僕も相当リオネル君に毒されているのかな。

もちろんこの商品も大いに売れた。

平民だけでなく、貴族にまで売れたと聞いてびっくりだ。

なんでも、魔法を使いたくない時に便利なんだって。

そんなもんかね？

使う人がそう思ってくれるのならばよしとしよう。


四年生になったある日、下町にいると父さんがキッチンで何やら考え込んでいた。

「父さん、どうしたの？」

見かねて声をかけると、少しばつの悪そうな顔をした。

「いや、最近食堂の売り上げが伸び悩んでいてな。新しい料理でも作ろうかと思ったんだが、何かいいアイデアはないか？」

父さんのことだから、一人で抱え込んでなかなか言い出せずにいたんだろう。

気にせずに相談してくれたらよかったのにな。

ここのところ、新しい料理を作っていなかったことを思い出した。

そうだ。ハンバーグは作ったけれど、ハンバーガーはまだだったな。

父さんにハンバーグを作ってもらっている間に、母さんとパン屋に行く。

「おや、〝星屑亭《ほしくずてい》〟の奥さんじゃないか。何か入り用かい」

声をかけてきたパン屋のおじさんに、パンを探していると伝える。

「何も入っていない丸いパンねえ。丸くはないけど、ホットドッグに使うパンならあるよ」

ホットドッグ用のパンかあ。

とりあえずこれで代用しようかな。

父さんが気に入ってくれたら、ここのパン屋と提携してハンバーガー用のパンを焼いてもらえばいいだろう。

ホットドッグ用のパンを五個買って、僕と母さんは家に帰った。

家の中にはハンバーグを焼く美味《おい》しそうな匂いが充満していた。

食いしん坊のジルが待ちきれずによだれを垂《た》らしている。

ハンバーグの大きさにパンをカットして、横に切って上下に分ける。

「なんだ？　ホットドッグみたいにするんじゃないのか？」

「ちょっと違うんだ」

パンにバターを塗《ぬ》り、レタスとハンバーグを載《の》せケチャップをかけて、上からパンで挟めば完成だ。

ちょっとシンプルすぎるけど、試食だからこんなものでいいだろう。

出来上がったばかりのハンバーガーを、ジルが真っ先に掻《か》っ攫《さら》っていった。

「美味しーい！」

一口食べた途端、歓声をあげている。

「へえ、これはホットドッグとはまた違った味だな」

父さんにも好評のようだ。

小さな口でかぶり付いたシモーヌの唇の両端には、ケチャップが付いている。

まるで口裂け女だな。

昔あった都市伝説を思い出した。

女性陣の反感を買うのが怖いので、口には出さないけどね。

僕はハンバーガーを食べながら、どこか物足りなさを感じていた。

味付けがケチャップだけじゃ今一つだな。

やっぱりマヨネーズは必要だ。

マヨネーズの作り方は以前、脳内スマホで検索したから知っている。

だけど黄身しか使わないのがもったいなくて踏み切れなかったんだよな。

後であまった白身を使って作れるものも探しておこう。

とりあえず、マヨネーズを作ることにした。

マヨネーズの材料である卵黄、塩、酢をボウルに入れて泡立て器で混ぜて、そこにサラダ油を数回に分けて入れて混ぜる。

「アル、今度は何を作り始めたんだ？」

父さんも母さんも、僕が作っているマヨネーズを不思議そうに見ている。

「これで更にハンバーガーが美味しくなると思うよ」

さっき作ったハンバーガーはありふれた材料ばかりだったから、他の料理人にも真似できるかもしれない。

だけど、このマヨネーズがあれば、他の店との味の差を出せると思うんだよね。

先程と同じようにハンバーガーを作り、レタスの間にマヨネーズを入れる。

「父さん、これ食べてみて」

マヨネーズの入ったハンバーガーに、父さんは怖々かぶりつく。

「……美味《うま》い！」

どうやら気に入ってもらえたみたいだ。

「ちょっと、私にもちょうだい」

母さんが父さんからハンバーガーをひったくってかぶりつく。

「お、おい、エレーヌ。俺のハンバーガー……」

父さんの訴《うった》えを無視して、母さんは更に二口目を頰張《ほおば》った。

「美味しーい。さっきと全然違うわ」

「兄さん、僕のは？」

ジルが僕に迫ってくる。

「慌てなくても今作るよ」

父さんも自分用にハンバーガーを作り出した。

ハンバーグだけじゃなくって、ホーンラビットの肉を使ったラビカツやコロッケを挟んでもいいよね。

パン屋さんとの交渉は父さん達に任せよう。

ハンバーガーとは別に何かオーブン料理を作ろうと思い、ドリアを作ってみることにした。

バターライスを作って器《うつわ》に入れ、その上に焼いた肉を載せて、トマトソースとホワイトソースをかけ、チーズを載せてオーブンに入れる。
あとは焦げ目が付くのを待つばかりだったのだが……
ガチャン！
オーブンの中で何かが割れる音がした。
慌ててオーブンの扉を開けると、器が真っ二つに割れている。
あー、失敗だ。
どうやらこの器は耐熱容器じゃなかったみたいだ。
「どうした？　お前が失敗するなんて珍しいな」
割れた器を魔法で元通りにしていると、父さんに笑われた。
自分で耐熱容器を作ってもいいけど、やはりここは器を専門に作る人に任せよう。
早速フロランさんにお願いして、食器を専門に作っている人を紹介してもらった。
僕だけで行くよりも、父さんと一緒の方が話が早いだろう。
そこで、父さんと連れ立って食器屋さんに向かう。
「やあ、お邪魔するよ」
店の扉を開けて中に入ると、さまざまな食器が並んでいた。
「いらっしゃい。おや、〝星屑亭〟の旦那か。何がいるんだい」

店の主人は父さんを知っているようだ。

「実は、オーブンに入れても割れない食器を探しているんだが、あるかい？」

父さんの言葉に主人は驚いた顔をした。

「食器をオーブンに入れる？　お前正気か？」

まあ、普通はそう思うよね。

「今開発中の料理に必要なんだ。なんとかならないかな？」

店の主人はしばらく考え込んでいたが、やがて決心したように頷いた。

「わかった。少し時間をもらえないか？　出来上がったら連絡する」

「よろしく頼むよ」

そして、僕が欲しい器の形や大きさを主人に伝えてその日は帰宅した。


数日後、僕の手元に試作品が届いた。

早速ドリアを作り、オーブンの中に入れる。

今度は器が割れることなく、無事にドリアが完成した。

これでお店の新作メニューはバッチリだ。

新作メニューのお披露目の日、噂を聞きつけた人がたくさん来店し、お店は大忙しだった。

ハンバーガーは単品と、ポテトと飲み物をプラスしたセットメニューを用意している。

このセットメニューが珍しかったらしく、売れすぎてオーダーをストップする程だった。

熱々のドリアも喜ばれた。

大口を開けてハンバーガーを頬張れない女性には特に人気だったようだ。

ただ、そんな客の中に妙な目つきをしている男が二人いた。

父さんや母さんも気付いたらしく、二人で目配《めくば》せをしていた。

そして、その日の夜。

物音がして僕は目を覚ました。階段を半分下りてそっと一階の様子を窺《うかが》う。すると、見知らぬ男達が扉をこじ開けて入ってきた。彼らは店の奥まで進み、何かを探し回っている。

そこでパッと明かりがついた。

「そこまでだ！　大人しくしろ！」

父さんが【プラ】の魔法で侵入者の捕縛《ほばく》を試みる。しかし、一人はそれを逃《のが》れた。

その男は慌てて扉から逃げようとしたが、そこには人間大の大きさになったノワールが待っていた。

『逃がすもんか！』

ガオーッと大きな口を開けるノワールを見て、男は尻餅《しりもち》をつく。

「こ、こんな魔獣がいるなんて聞いてないぞ」

その男もあっさり父さんに捕縛され、騎士団に引き渡された。

最近、新作メニューを出すとその店にレシピを盗みに入る泥棒がいると、騎士団から注意されていたんだ。

そこで新作メニューを出すついでに、その泥棒達を捕まえようということになったのだ。

これは父さんが魔法で捕縛ができるから為《な》せたことで、そうでなかったらこんな危険なことはしなかっただろう。

そう考えたら【プラ】の魔法を父さんに教えておいてよかったな。

また、盗もうとする者が現れないとも限らないけど、父さん達ならば大丈夫だろう。

第五章　隣国への留学

四年生の修了式を終えたある日、僕は王宮に呼び出された。

こんな風に呼び出されるなんて今までなかったので、珍しいなと思いながら下町から王宮の自室へと転移する。

「アルベール様。お帰りなさいませ」

僕が転移すると同時に、侍女のエマが迎えてくれる。

「ただいま、エマ。父上は？」

「お部屋でアルベール様をお待ちです」

僕はエマに先導されて父上の部屋に向かった。

「父上、お呼びですか？」

扉を開けて中に入ると、どんよりと暗い顔をした父上がいた。

いつもは陽気な父上なのに、一体何があったのだろうか？

母上と喧嘩《けんか》でもしたのか？

僕を見る目にも生気が感じられない。

死んだ魚のような目ってこういう目のことかな？

そんなことを考えながら、僕は父上に近寄った。

「父上、大丈夫ですか？　一体何があったんですか？」

僕が父上の肩を揺さぶると、ようやく目の焦点が合う。

「アルベール。どうしよう。シャルロットの婚約が決まってしまったよ～」

父上の爆弾発言に、僕も驚いた。

「えっ？　本当ですか？」

シャルロットはまだ十三歳になったばかりなのに、もう婚約者が決まってしまったのか。

いくらなんでも早すぎないかと思ったが、そこは王族として仕方がない部分もあるだろう。

だが、一人娘であるシャルロットをとりわけ溺愛《できあい》している父上にとっては、堪えられないことに違いない。

「それで、相手はどこの誰ですか？」

生半可な相手じゃ許さない、とばかりに父上に詰め寄る。

僕の勢いに父上は少したじろいだが、すぐに気を取り直して僕に向き直った。

「隣国であるデュプレクス王国の、フィリップ王子だ」

その名前を聞いた瞬間、僕は一人の少年の顔を思い出した。確か僕と同い年だったはずだ。

昨年の我が国の建国祭に隣国の代表として参列したのが、フィリップ王子だった。

僕も王子として参列したが、病弱を装って挨拶を交わしただけでほとんど交流はしなかった。

だが、彼の優秀さは噂で聞いていたし、容姿だって悪くないのは認める。

学校を卒業したら正式に王太子として認められるとも聞いている。

しかし、だからと言ってシャルロットの婚約者として認められるかというと話は別だ。

「なんでまた、そんなに簡単に婚約の許可を出したんですか！」

僕の言葉に父上が反論する。

「だって仕方がないだろう。どうせ嫁に出すのなら近い国がいいし、年の離れた男には嫁がせたくないし、何よりマルグリットが乗り気だったんだ」

それを聞いて僕は納得した。

確かに年が近い相手は限られる。

ましてやこの国に近いとなると、デュプレクス王国しかない。

そして、何事においても母上が優先な父上にとっては、母上の決定には逆らえないだろう。

決して尻に敷《し》かれているという意味ではない、多分。

「母上が決められたのなら仕方がないですね。では、今日はどうして僕を呼び出したのですか？」

これ以上の抵抗は無駄だと諦めて、僕を呼び出した理由を尋《たず》ねた。

父上は居住まいを正すと僕に告げた。

「アルベール。お前にデュプレクス王国への留学を命じる」

……はい？

一瞬、父上の言葉が理解できずに、思わず聞き返してしまった。

「今、なんと言われました？」

「デュプレクス王国に留学しろと言ったんだ」

「僕が……ですか？」

「お前以外に誰がいるんだ」

確かに、今この部屋には父上と僕しかいないのは明白だ。

「どうして留学なんですか？」

「決まっているだろう。留学してフィリップ王子と同級生になって、彼がシャルロットの婚約者として相応しいかどうか見極めてくるんだ」

いやいや、ちょっと待って！

どこの世界に妹の婚約者の身辺調査を兄にやらせる父親がいるんだよ。

……ここにいたな。

断固拒否したいが、どうせ無駄だろう。

仕方がない。可愛い妹に相応しい相手かどうか、僕が見極めてこよう。

しかし、留学が決定したのはいいが、一つ疑問があった。

「ところで父上。僕はこの国の王子として留学するのですか？」

アルベール王子は病弱ということになっているけど、留学できるほど回復したことにするのだろうか？

「いや、お前は王子の身分を隠して留学するんだ。モーリアック侯爵家の籍を抜けた三男の子どもが、騎士になるため貴族に戻って留学したという設定だ」

……まぁ、あながち間違ってはないけどね。

そこまでするなんて職権濫用《しょっけんらんよう》じゃないのかな。この場合は権力濫用って言うのか？

だけど、名前が一緒だとバレないか？

「名前はどうするんですか？」

「アルベルト・モーリアックでいいだろう？」

アルベールじゃなくてアルベルトか。

慣れてないから、名前を呼ばれても自分のことだと認識できないかも……

気を引き締めていかないと失敗しそうだな。

「ところで、母上とシャルロットにこのことは伝えてあるんですか」

「もちろん、内緒だ！　留学の件は伝えるが、留学先は別の国ということにする」

そんなに威張《いば》って言うことじゃないよね。

てか、バレたら大変だな。

その時は全責任を父上に押し付けよう。

そう思って父上の顔を見ると、どうやら同じことを考えているようだ。

お互いが責任転嫁《せきにんてんか》するつもりなのはバレバレである。

だけど、身分を隠しての留学となると、毎週末に帰るのは困難だな。ノワールはどうしよう。

「父上。ノワールはどうしましょう？」

「それなんだが、どうやらデュプレクス王国の学校では従魔を連れての登校を認めているらしい。その辺りの制度や事情も調べてくれないか。我が国の学校にも取り入れられれば、一石二鳥だろう」

従魔も一緒に学校に通えるのか。

それはぜひとも確認しておかないとね。

父上とはまた後日打ち合わせを行うことになり、一旦下町に戻った。

父さんと母さんには、打ち合わせの後父上から説明をしてくれるらしい。

なら僕は、サミィとラウルに留学のことを伝えないといけないな。

早速僕は二人に連絡を入れて、サミィの家で待ち合わせた。

以前はがらんどうだった家の中は、僕達がここに集まるようになったため、多少の家具が入れられている。

ベッドも運び入れられたので、ここに泊まって朝までお喋りすることもある。成人してお酒が飲めるようになったら、ここにたむろするようになるのかな。

テーブルを囲んで座ると、小さな妖精達がお茶を淹れてくれた。

前世で子どもの頃に絵本で見たような妖精達が、羽を羽ばたかせながらお茶の入ったカップを運んでくれる。

う〜ん。毎度のことながら可愛くて癒《い》やされるな。

やがてお茶を淹れ終えると、すっと姿を消していった。

僕達だけになったところで、サミィが切り出した。

「それで、今日はなんの話なんだ？」

僕はちょっと言い淀《よど》んだけれど、意を決して口を開いた。

「実は……留学することになったんだ」

それを聞いた二人は、勢いよく僕に詰め寄ってくる。

「留学？　なんで？」

「嘘だろ？　どこにだよ！」

僕はまぁまぁ、と二人を宥めて落ち着かせた。

「まだ公表してないけど、隣国の王子とシャルロットの婚約が決まったんだよ。それで、相手がシャルロットに相応しいかどうか見極めるために留学することになったんだ」

それを聞いて二人は納得した。

「まぁ、あの親バ……いや、子煩悩な陛下ならやりそうなことだ」

「アルも兄バ……じゃない、妹思いだから当然だろうな」

二人共、何か失礼なことを言ってないか？

「次が最終学年だから一緒に過ごしたかったけど、僕も学校に通うよりは、実地研修の方が多くなりそうなんだ」

ラウルが少し寂しそうに言う。

ラウルは卒業したら、知り合いの商会に就職が決まっている。そのため、見習いとして学校から研修に行くようになっているのだ。

サミィは、と見ると、ちょっとがっかりした顔をしていた。

「ラウルがあまり学校に来なくなるから、せめてアルと過ごすのを楽しもうと思ってたのにな。仕方がない。僕は僕で適当にやってるよ。二人共頑張れよ」

サミィはいずれエルフの王になるんだから、無理して学校に通う必要もないけどね。

こうして僕達はお互いの活躍を祈って、サミィの家を後にした。


明日はいよいよ隣国に出発する。

その前に、シャルロットと母上、リシャールに挨拶をすることになった。

まずはシャルロットに会うのだが、もう流石に自室には招かれない。

いくら兄妹とは言え、王族で異性である以上、人目のないところで二人きりにはなれないのだ。

お茶会室にて、僕はシャルロットと面会した。

「シャルロット。婚約が決まったそうだね。おめでとう」

シャルロットは僕の言葉に、嬉しそうにはにかんだ。

婚約が決まってから初めてシャルロットに会ったけれど、少し見ないうちに随分と大人びたようだ。

それに、以前よりも綺麗になったような気がする。

女性は恋をすると綺麗になるって言うけど、まさかフィリップ王子のことが好きなのか？

さっきの反応からして、シャルロットはまんざらでもなさそうだし……

両思いならいいけど、シャルロットが一方的に思いを寄せているだけならあまりにも可哀想すぎる。

そういうところも見極めて来ないといけないな、と僕は決意を新たにした。

「ありがとうございます。お兄さまと学校に通える最後の年でしたのに、まさか留学なさるとは思ってもみませんでしたわ」

シャルロットはそう言った後、少し寂しそうに目を伏せる。

ああ、シャルロットをこんなに悲しませるなんて、僕はなんて罪作りなんだろう。留学なんてやめてしまいたい。

誰もいなければギュッと抱きしめたいのにそれもままならないなんて、王族なんて嫌いだ！

そんな僕の心を知ってか知らずか、シャルロットは期待を込めた眼差しで僕を見る。

「でも、長期休みには戻られるんでしょう？」

こんな眼差しを向けられて嫌だ、と言える男がいるだろうか？

いや、いない！

そんなやつがいたら、そいつはきっと人間じゃないな。

「もちろんだよ。帰国する時にはお土産を持って帰るから、楽しみにしていてよ」

「ありがとうございます、お兄さま。お体に気をつけてくださいね」

シャルロットに優しく微笑まれて僕は大満足だ。

そんな二人きりの語らいもやがて時間が来て、シャルロットはお茶会室を後にする。

僕は顔で笑って心で泣いて、シャルロットにしばしの別れを告げた。

シャルロットが退室して、しばらく待っていると母上が入ってきた。

「アルベール、ごめんなさい。待たせてしまったかしら？」

僕は慌てて立ち上がり、母上を迎えた。

「とんでもありません。わざわざ時間を作っていただきありがとうございます」

侍女達がお茶を淹れる中、母上はにこやかに僕を見た。

「それにしてもアルベールが留学するなんて、思ってもみなかったわ」

シャルロットと同じようなことを言う。

そんなに意外だったのだろうか？

「僕が留学っておかしいですか？」

そう聞くと、母上はちょっと意味深な笑顔を見せた。

「そうね。シャルロットの婚約がなければ、そんなことは言い出さなかったでしょうね」

うわぁ、もしかして母上にはバレてる？

僕はちょっと引きつったような笑顔で答える。

「いえいえ。シャルロットの婚約は関係ありませんよ」

「ふふっ、そうね。そういうことにしておきましょう」

ああ、やっぱり母上にはお見通しだな。

しばし笑顔を見せていた母上だったが、不意に表情を引き締めて僕に告げた。

「アルベール。せっかく留学するのだから、しっかりと見聞を広めてくるのですよ。我が国とは違う面もあるでしょうから、どういうところを取り入れられるかを見極めていらっしゃい」

つまり、フィリップ王子の監視ばかりしているなってことですね。

僕はビシッと背筋を伸ばして母上に答えた。

「はい！　母上。ご期待に添えるように頑張ります」

母上は満足そうに頷くと、僕の側に来て立ち上がるように言った。

なんだろう？

僕が立ち上がると、母上は僕をギュッと抱きしめてきた。

「あんなに小さかった子が、今ではわたくしよりも背が高いなんて……体に気をつけてね」

その言葉を聞いて、十一歳の時に王宮に上がって母上に抱きしめられた日のことを思い出した。

あの日に感じた安堵《あんど》感は今でも忘れられない。

そんな懐かしい思いに浸っていたのに……

「あーっ！　マルグリット。独り占めはズルいぞ！」

父上の一言で台なしである。

父上はズカズカとお茶会室に入ってくると、僕と母上をギュッと抱きしめてきた。

まったくもって暑苦しいおっさん……もとい父上である。

母上がこっそりため息をついたのは内緒にしておこう。

僕はその後遅れてやってきたリシャールに挨拶しながら、父上と母上のやり取りを眺めた。


今日はいよいよデュプレクス王国に旅立つ日だ。

荷物はすべてマジックバッグに入れたので、随分と身軽なものである。

本来ならば馬車で一月近くかかる長旅になるはずだけど、サミィのおかげで時短の旅となった。

つまり、一旦エルフの里に行き、そこからデュプレクス王国への道を繋いでもらうのだ。

いずれシャルロットが結婚してデュプレクス王国との繋がりが強固になれば、国境門まで転移して門をくぐり、そこからデュプレクス王国の王都へと転移ができるようになるだろう。

直接の転移陣はやはり問題があって繋げられないようだ。

たとえ王族であっても、国境門でチェックをしないと入国できないようになっている。

それを考えると、エルフの里を経由してデュプレクス王国に入るなんて裏技を使って、ちょっと申し訳なく思ってしまう。

準備を終えると、僕は父さんと母さんに出発の挨拶をしに行った。

「それじゃ、父さん、母さん。行ってきます」

あっさりと別れようとしたが、ここでもやはり、父さんと母さんに抱きしめられた。

「苦しいからやめてよ〜」

ちょっと文句を言ってみても、やはり嬉しかったりするものだ。

二人に別れを告げて、ノワールと共にサミィの家に向かった。

サミィの家に入り、エルフの里に通じるドアを開ける。

ドアを開けた先は小さな部屋になっていて、その部屋の別のドアを開けるとエルフの里になっている。

つまり、エルフの里に、他の国に行くための家を建てたのだ。

流石にドアだけがポツンと野原に立っている訳にはいかないからね。

部屋に入ると、既にサミィが待っていた。

「やぁ、アル。準備はいいかい」

「もちろんだよ。よろしく頼むよ」

サミィと一緒にデュプレクス王国に通じるドアをくぐると、別の部屋に着いた。既にここはデュプレクス王国になる。サミィにここがどこか尋ねると、こう答えてくれた。

「上手い具合に学校に近いところに空き家があってね。そこを借りたよ」

学校に行くまではまだ一月はある。

馬車で移動する時間を短縮した分、ここでしばらくこの国を探索することにしたのだ。

下町でこの国の話や王子の評判など、情報収集するつもりだ。

とりあえず、この家で生活するための道具を揃えないといけないかな。

そう思って家の中を見回したが、サミィの合図一つで妖精達がすべて用意してくれた。

流石、次期エルフの王だね。仕事が早いよ。

ノワールも連れて散歩がてら近所を散策することにする。

サミィは家を借りる時に一度訪れているので、どこに何があるかは多少把握しているらしい。

玄関を出てびっくりした。

なんと、庭付きの一軒家だったのだ。

「結構大きな家だね」

僕が言うと、サミィが渋い顔をした。

「学校の近くにしたからここしかなかったんだよ。あんまり学校や王都から離れると、王子の評判とかも聞こえてこないかもしれないからね」

サミィに言われて納得した。

王都から離れすぎた場所では、王子についてもいろいろと脚色されて正確な話が伝わっていないだろうからね。

門を出てしばらく歩くと、市場が見えてきた。

買物客で賑わっていて、中には重そうに荷物を抱えている人がいる。

それを見て、小さい頃にカートを開発したことを思い出した。

シャルロットが結婚したら、この国でもカートを販売できるのかな。

それとも今すぐにでも導入できるのだろうか？

国交にどのように影響するのかわからないので、迂闊《うかつ》なことはできない。

「アル、どうかした？」

僕が考え込んでいるのを見て、サミィが声をかけてきた。

「ああ。重たそうに荷物を抱えている人がいるから、どうにかできないかと思ってね」

それを聞いて、サミィも同意してくれた。

「確かにね。マジックバッグを持っている人はいいけど、そうじゃない人は大変だよね」

どうにかしてあげたいけど、何もできないのがもどかしい。

それとも、ここで何かを開発する？

だけど、他国の僕が考えたものを受け入れてくれるかもわからない。

僕はモヤモヤとした思いを抱えながら、下町の散策を続けた後、帰路に就いた。

新学期が始まる前日、転入手続きのため僕は学校を訪れていた。ノワールは中型犬くらいの大きさにして連れていく。

既に王子は入寮しているらしく、門には騎士が二人立っていた。

僕がその門に近付き、転入生であることを告げると騎士の一人にこう聞かれた。

「転入許可証はお持ちですか？」

懐《ふところ》から許可証を出して見せると、一人の騎士が側にある通信機で誰かに連絡をし始める。

しばらくすると、校舎から誰かが出てきた。

「君がアルベルト・モーリアック君ですか？」

そう尋ねてきたのは三十歳くらいの男の人だった。

「はい、そうです」

僕が答えると、その人はすっと手を差し出して握手を求めてきた。

「はじめまして。担任のコンスタンです」

僕も慌てて手を差し出す。

「ア、アルベルト・モーリアックです。よろしくお願いします」

自分の名前でまごついてちゃ、先が思いやられるな。

コンスタン先生は僕の側にいるノワールに目を向けた。

「こちらが君の従魔ですか？　パンサーにしては小さくないですか？」

不思議そうに言われて僕は説明した。

「怖がられても困るので、人前ではこの大きさになってもらってます」

それを聞いて、コンスタン先生は興味深そうにノワールを見た。

「ほう。本来はどのくらいの大きさか見せてもらえますか？」

既に学校の敷地に入っているから大丈夫だろう。そう思って僕はノワールに合図した。

ノワールは心得たとばかりに頷くと、元の大きさに戻る。

想定外の大きさだったのだろう。

コンスタン先生はノワールの大きさに目を見張っていた。

「ブラックパンサーは珍しいですが、大きさも普通のパンサーよりも大きいですね」

ブラックパンサーという名前、初めて聞いたな。ノワールはどうやら普通のパンサーとは違うみたいだ。

もういい、と言われたので、ノワールに小さくなってもらう。

流石に大きいまま校舎の中は歩けない。

学校の玄関を入って事務室に行き、転入手続きを行った。

それから、コンスタン先生に連れられて寮へ向かう。

寮の各設備を案内された後で、僕の部屋に通された。

部屋の扉の前で、ドアノブの下の魔石に魔力を流すように言われる。

指先で触れて魔力を流すと、魔石が一瞬だけ光った。

これでこの部屋は僕にしか開けられないようになったそうだ。

ただし、何か緊急事態で扉を開けなければならない場合は、王宮付きの魔導師が来て扉を開けることになるそうだ。

もっとも、今までそんな事態が起こったことはないらしい。

僕の部屋は従魔と一緒だということで、少し広い部屋だった。

ちゃんとノワール用の寝床にトイレまである。

「従魔の食事は自室で行ってください。食材の希望があれば、たいていのものは準備してもらえます。準備できないものは、狩りに行って自分で調達してくるように。それも授業の一環として、取ってきた食材は成績評価の対象になりますから、報告してくださいね」

ただし、無理に狩りをする必要もないらしい。

変に大物を狙って怪我をしたり、命を落としたりしないようにとのことだ。

「君も、従魔がブラックパンサーだからといって無茶をしないでくださいね」

コンスタン先生に真顔で言われ、僕は気を引き締めて頷いた。

こんな風に注意されるっていうことは、過去に何か事故でもあったのだろうか。

聞いていいことかどうか判断がつかないので、あえて問い質すのはやめた。

「荷物はいつ届きますか？」

コンスタン先生に問われて、僕は肩に下げたバッグを指差した。

「マジックバッグに入れて持って来ました」

そう言うと、コンスタン先生は納得した顔を見せた。

「明日は寮の入り口に迎えに来ますから、遅れないでくださいね」

そう言い残してコンスタン先生は部屋を出ていった。

扉が閉まって先生の足音が遠ざかると、僕はようやく一息ついた。

「ああ、疲れた」

思ったより緊張していたようだ。

ベッドの上に大の字に寝転がって、大きく伸びをする。

『なんだよ。初日からこれじゃ先が思いやられるな』

ノワールが呆れたように僕の横に寝そべってきた。

「そんなこと言われても、初めての場所なんだから仕方がないだろう」

前世でも転校なんてしたことがないんだからさ。

しばらく横になった後、マジックバッグから荷物を取り出して片付けをした。

その後、他の寮生の好奇の視線に晒されながら食事をした僕は、自室に籠《こ》もり明日に備えて早めに休んだ。

第六章　魔獣出現

次の日。

朝食を終えると、僕はノワールを連れてコンスタン先生との待ち合わせ場所に向かった。

時間に余裕を持って来たつもりだったが、コンスタン先生は既に来ていた。

「おはようございます。お待たせしてすみません」

「ああ、おはようございます。大丈夫ですよ、私が早く来すぎたようなので。それでは、行きましょうか」

先生に連れられて、寮を出て校舎へと入る。

始業時間が迫っているせいか、バタバタと教室に急ぐ生徒が何人かいた。

〝五年　Aクラス〟と書かれた教室の前でコンスタン先生は足を止めた。教室には前後二か所に扉がある。

先生と一緒に前の扉から入るって、一番注目を浴びる登場の仕方だな。

どのみち留学生なんだから、目立つのは当たり前なんだろうけどね。

遮音の魔法でもかけてあるのか、教室の中の声が一切聞こえてこない。だけどなんとなくざわついている気配が感じられる。

先生が扉を開けた途端、教室の中がシンと静まった。

先生に続いて僕とノワールが教室に入ると、皆の目が一斉に僕に向けられた。

視線に突き刺されたような気分になる。これがナイフだったら即死だな、なんてどうでもいいことを考えた。

だが、僕はすぐに教室の最後尾の生徒に釘付けになった。

一人だけオーラが違う生徒がいる。

紛れもない、この国の王子であるフィリップだ。

ただそこに座っているだけなのに、高貴な生まれなのがわかる。

明らかに僕とは積み上げて来たものが違うんだろう。完全無欠って感じだね。

そんなことを考えながら、僕は先生よりも数歩下がったところで立ち止まる。

「皆さん、おはようございます」

コンスタン先生の挨拶に、生徒達が「おはようございます」と返した。

「いよいよ最終学年ですが、今年も一年よろしくお願いしますね。そして新しい仲間を紹介しましょう。隣のヴィラルド王国からの留学生です。自己紹介をどうぞ」

最後の言葉は僕に向けて言われた。

僕は一歩前に出て、自己紹介をする。

「はじめまして。アルベルト・モーリアックです。こっちは従魔のノワールです。一年という短い間ですが、よろしくお願いします」

お辞儀をして頭を上げると、皆の興味は僕よりノワールに向いているようだった。今は中型犬の大きさで、従魔というよりもペットみたいだからね。

席は後ろの入り口のすぐ側だった。

まずないだろうけど、不審者が入って来た場合、真っ先にやられそうな場所だよね。

僕が席に着いたのを見計らって、先生が授業についての説明を始めた。

前の学校と同様、自分の好きな授業を選択できることと、卒業後の進路が決まっていない者はなるべく早く確定させることなどを告げられる。

先生の話を聞いていると、ふと視線を感じた。

横を見ると、窓際の隅に座っているフィリップ王子と目が合う。

何か見極めるような目をして僕を見ているが、……まさか、バレた？

いや、多分大丈夫……

いつもの僕は王族特有のプラチナブロンドだが、今は少しくすんだ茶色に近いブロンドに染めている。顔を合わせたのだって、たったの一回きりだ。

それに従魔がいることも伝わっていないはずだ。

だけど瞳の色だけは変えられなかった。

紫の瞳の色が王家特有のものだと知らなければいいけどね。

僕がじっと見返すとフィリップ王子はちょっと微笑み、正面の先生に視線を戻した。

その途端、ヘニャリと体から力が抜けそうになる。

まだ会話も交わしていないのに妙に疲れてしまった。初日からこれだと先が思いやられるよ。

先生の話も終わり、それぞれ自分が受ける授業の教室へと移動する。

「アルベルト君だっけ？　君はなんの授業を受けるの？」

前の席に座っている生徒が振り返って僕に問いかけてきた。

「魔導具の作成に行こうかなと。えっと……」

相手の名前がわからないので、口籠《くちご》もる。

「ああ、ごめん。ミシェルだよ。よろしく」

男の子はそう言って手を差し出してきた。

その手を握り返していると。

「魔導具の作成？　僕も今から行くんだよ。それじゃ一緒に行こうか」

ミシェル君はそう言って僕の手を引っ張って立ち上がらせ、そのまま教室の外へと足を進めた。なんとも素早い行動だ。

ノワールが慌てて僕の後を追いかけてくる。

教室から出ていく僕達をフィリップ王子がずっと目で追っていたことに、この時の僕は気が付かなかった。

僕はミシェル君に案内されて魔導具作成の教室に向かった。

「アルベルト君はヴィラルド王国から来たんだね。ヴィラルド王国でも何か魔導具を作ったの？」

教室に向かいながら、ミシェル君はそんな質問をしてきた。

「うん。何個か作ったよ」

具体的な話をしていいかどうかわからないので、当たり障りのないことしか言えない。

ミシェル君も僕の返事でそれに気付いたようだ。

「ああ、ごめん。詳しいことは言えないよね。この学校でも、自分が開発したものはちゃんと作成者として保護してもらえるから安心していいよ」

どうやらこの国でも、作成者の特許を認めてもらえるようだ。

だけど僕は名前を偽って留学してるから、あまり魔導具は作らない方がいいかもしれないな。

教室では数人の学生が魔導具作成に没頭していた。

僕とミシェル君も空いている席に腰を下ろす。ノワールは僕の席の近くに寝そべった。午後からは騎士の訓練に参加して、ノワールにも運動をさせよう。

作りたいものは決まっているので、魔導具作成の仕様書を書くことにした。

僕が昔作ったカートと同じものは作れないので、少し違うものを作ろう。

前の世界でよくお年寄りが押していた、キャリーカートならばいいだろう。

バッグに車輪を付けて、転がして持ち運びができるようにする。

バッグだから中身は見えないし、蓋《ふた》もできるので安全だ。

それに、以前作ったカートのように魔石に使用者の魔力を登録するようにすれば、盗難の心配もない。

バッグの大きさによって車輪が二つのものと四つのものを作れば、自分の好きな大きさを選べるようになる。

仕様書を作成して魔導具作成の先生に提出したのだが、ちょっと微妙な顔をされた。

「う～ん。確かに魔石を使っているから魔導具には違いないでしょうけど、需要があるんですかねぇ？」

確かに魔力登録と移動にしか魔力を使わないけど、そんなに需要がないかなぁ。

この学校に通っているのはほとんどが貴族か裕福な家庭の人だから、自分で買い物に行ったりしないのかもしれない。

とりあえず仕様書は受け取ってもらった。どこかの商会にコンタクトを取ってくれるらしい。

そして翌日、早速商会の代表者と会うことになった。

「はじめまして。メルロー商会です」

そう挨拶してきたのは、優しそうなおじさんだった。

この王都では中くらいの大きさの商会だそうだ。

この人も、僕の仕様書を微妙な顔付きで見ていた。

「せっかくだから、少しだけ作ってみますね」

おじさんはそう言って愛想笑いを浮かべて帰っていった。

こんなに反応が鈍いということは、やっぱり売れないのかな。いや、売り上げ云々《うんぬん》よりも、ヴィラルド王国で自分がやってきたことを否定されたような気分だ。

そう思ってちょっとがっかりしていたんだけど……

数日後、授業を終えて寮に戻った僕を、メルロー商会の人が待ち伏せしていた。

後ろには三人の知らない男の人が立っている。

「アルベルト君！　大変だ！」

僕を見つけたメルロー商会のおじさんが、足早に僕に詰め寄ってきた。

「な、何事ですか？」

あまりの剣幕に僕はたじろいだ。

何か問題が発生したのだろうか。

「あのカートの注文が殺到して、私の商会だけでは捌きれないんだよ。申し訳ないが、こちらの商会の方達とも契約してもらえないか。このままではうちの商会の連中が過労死してしまう」

……はい？

売れそうにないって感じじゃありませんでした？

メルロー商会のおじさんの話によると、カートが出来上がった時にたまたま下働きの人が側を通りかかって、「ぜひ買い物に使わせてほしい」と言って試作品を持っていったらしい。

そして市場に行くと、出会う人皆にカートについて聞かれたそうだ。

そこからの展開は早く、すぐに商会に注文が殺到したという。

なんだかどこかで聞いたようなパターンだな。

もちろん、僕に異論はない。

すぐに他の商会との契約を行った。

しかしこの騒ぎは王都だけでなく、国内の他の都市にも広がったようだ。

ある日の放課後、商会の人達が忙しそうにしているという話を聞いて、なんだか申し訳なく思っていたら、ポンと誰かに肩を叩かれた。

振り返ると、そこにはフィリップ王子が立っていた。

「始業日ぶりだね、アルベルト君」

キラッキラの王子スマイルを僕に向けているけど、僕の名前を呼ぶ時に妙な含みを感じたのは気のせいだと思いたい。

まさか僕の正体、バレてないよね。

相手は王子だ。不敬にならないように礼を取ろうとしたが、それを制止される。

フィリップ王子の笑顔に、顔が引きつりそうになるのをなんとか堪えて笑い返した。

「魔導具作成の授業で凄い開発をしたそうじゃないか」

「いや、そんなことはありません」

僕の返事を聞いて、フィリップ王子は意味ありげに頷いた。

「そういうことにしておこうか。ところでこれから森へ訓練に行くんだけれど、君も一緒にどうだい？」

森へ訓練に？

チラッと横のノワールを見ると、期待に満ちた目で僕を見上げている。

『行きた～い。ねぇ、行こうよ』

確かに最近は学校内の訓練場しか行ってないから、ノワールが行きたがる気持ちもよくわかる。

「ほら、君の従魔も行きたがってるじゃないか」

どうやらフィリップ王子にもノワールの声が聞こえたようだ。

「わかりました。ご一緒しましょう」

「敬語はやめてくれるかな。ここには生徒として来ているんだ」

ね、いいだろう、とばかりに顔を近付けてくる。イケメンにそんなに近寄られたら、こっちの心臓が持たないよ。

「わ、わかったからちょっと離れてくれないか」

顔を逸らして後ずさりをすると、フッと笑われた。

「そんなに照れなくてもいいだろう。それじゃ行こうか」

そう言ってスタスタと先に歩き出すフィリップ王子を、僕はノワールと共に慌てて追いかけた。

まさか、二人きりで行くのか？

そう危惧《きぐ》したが、すぐに護衛騎士も合流したのでちょっとほっとした。

僕とフィリップ王子と護衛騎士二人、そこにノワールを加えて皆で学校を出て、馬車で郊外の森を目指す。

この森ではあまり強い魔獣は出ないそうだ。

ノワールは森の中で走り回れることが嬉しいらしく、森に着くなり馬車を飛び出していった。

「ノワール！　あまり遠くに行くなよ」

声をかけたけど、聞こえたかどうかはわからないな。

まぁ、ノワールは放っといても大丈夫だろう。

問題は、今僕の隣を涼しげな笑顔で歩いているフィリップ王子だ。

わざわざ僕を森に誘ったのは、何か理由があるんだろうか。

そう思い、フィリップ王子と距離を取りつつ森の奥へと向かった。

特に魔獣に出会うこともなく歩き続けていて、ふと気付いたらフィリップ王子と二人きりになっていた。

後ろにいたはずの護衛騎士が見当たらない。

まさか、はぐれた？

いや、護衛騎士が護衛対象を見失うなんてそんな失態を演じるはずがない。

そうなると、わざと二人きりにさせられたことになる。

警戒してフィリップ王子の方を向くと、フィリップ王子はそんな僕を見てニヤリと笑った。

なかなかに凄みのある表情だ。

「ここなら誰にも聞かれる心配はないよ。アルベール王子。病弱だと聞いていたけれど、その様子じゃ体質は改善したようだね」

いきなり名前を呼ばれて、取り繕えずに狼狽《うろた》えてしまった。

「え、な、なんで……」

言葉を失ってオロオロしていると、フィリップ王子は噴き出して笑う。

「気付かない訳がないだろう。それだけシャルロット王女によく似た顔をしていてさ。それに髪の色は変えられても、瞳の色までは変えられなかったみたいだね。このタイミングでヴィラルド王国から留学生が来ると聞いた時は間者か何かかと思っていたけれど、まさか王女の実の兄であるアルベール王子が来るとは思ってもみなかったよ」

僕とシャルロットが似てる？

思わず小首を傾げると、フィリップ王子は思いっきり頷いた。

「そう、それ！　その仕草とかそっくりだよ。それに、シャルロット王女が言っていたんだ。僕達が婚約したら国王である父上が暴走するかもってね。アルベール王子が来たのは国王陛下の差し金かな？」

どうやら僕と父上の行動は、シャルロットとフィリップ王子にはお見通しだったようだ。

僕はガックリと項垂《うなだ》れた。

「確かに父上に言われて来たけどね。僕自身も君を見極めたいと思ったんだよ」

それを聞いて、フィリップ王子は真剣な眼差しで僕を見つめた。

「それで？　僕はシャルロット王女の伴侶として相応しいと合格点をもらえるのかな」

そう言われて、僕は改めてフィリップ王子を見返した。

学校や下町でのフィリップ王子の評判に悪いものはなかった。陰口を叩く者もいない。

それに女生徒達の中にも、王子と分不相応な交友をしているような輩はいなかった。浮気の心配もなさそうだ。

フィリップ王子なら、シャルロットの相手として認めてもいいだろう。

そう思って返事をしようとした矢先、遠くで叫び声があがった。

僕とフィリップ王子は、即座に声のした方へと走る。

そこでは、護衛騎士の二人が魔獣と対峙していた。

体長二メートルはありそうな、真っ赤な色をしたトカゲのような魔獣だ。

一体なんなんだ？

すると、そのトカゲのような魔獣は突然火を吐いた。

騎士の一人が慌てて飛びすさったが、彼が元いたところは黒焦げになっている。

まさか、サラマンダーか？

「おい！　大丈夫か？」

フィリップ王子が護衛騎士に声をかけると、二人は慌てて王子を制した。

「フィリップ王子！　危険ですから下がっていてください」

「このサラマンダーは私達に任せて、安全な場所へ避難を！」

だが、王子は制止を振り切ってサラマンダーへと剣を向ける。

「何を言っている。護衛騎士とはいえ君達は僕の友人だ。君達を置いて避難できるか！」

フィリップ王子はサラマンダーへ斬りかかるが、素早い動きでスルリと剣を躱《かわ》される。

まずい！

フィリップ王子を助けなきゃ！

ここでフィリップ王子に何かあったら、僕は一生シャルロットに口をきいてもらえなくなる。

それだけはなんとしても避けなければならない。

またもやサラマンダーが火を吐き出そうとしている。その先にいるのはフィリップ王子だ。

僕は急いでフィリップ王子とサラマンダーの間に壁を作った。

「【アイスウォール】！」

氷の壁がサラマンダーの炎を防ぐ。これでしばらくは炎の攻撃を避けられるだろう。

だが、それと同時にこちらの攻撃も届かなくなってしまった。

「こんな時にあいつは何をやってるんだ」

僕達がピンチなのにもかかわらず、ノワールは姿を消したままだ。

「ノワール！　どこだ！」

ノワールが姿を消した方向に呼びかける。

『呼んだ～？』

ノワールの能天気な返事が聞こえて、スッと僕の隣に現れた。

もしかして瞬間移動した？

いや、今はそんなことは後回しだ。

目の前のサラマンダーを倒さなければ、こっちがやられてしまう。

「ノワール。サラマンダーが現れた。なんとかしてくれ」

『わかった～』

そう一言答えると、ノワールはフッと姿を消した。

あいつ、やっぱり瞬間移動できるんだな。

そんなことを考えているうちに、アイスウォールの向こうでノワールとサラマンダーの戦う声が聞こえてきた。

氷に映る影から察するに、二匹がもつれ合うように争っているようだ。

時折サラマンダーが炎を吐くので、迂闊に近寄れない。

やがて、氷の壁はサラマンダーの炎で溶かされてしまった。

護衛騎士達はフィリップ王子を庇《かば》うように立っている。

サラマンダーは必死にノワールから逃れようとしているが、ノワールはどう見てもサラマンダー相手に遊んでいるみたいだ。

「ノワール！　遊んでないでさっさと終わらせるんだ！」

僕が叫ぶと、ノワールはサラマンダーの喉笛に噛み付いた。

『グワァー！』

サラマンダーは断末魔をあげると、そのまま動かなくなった。

ノワールは絶命したサラマンダーを口から放すと、地面に下ろした。

毛が黒いから目立たないけど、口から喉にかけて血塗《ちまみ》れなのは間違いない。

清掃魔法をかけてやると、ノワールは嬉しそうに擦り寄ってきた。

「ありがとう。助かったよ」

フィリップ王子が、護衛騎士と一緒に僕の方に近寄ってくる。

「危ないところだったな。アルベルト君の従魔に救われたよ」

どうやら誰にも怪我はなかったようだ。

「フィリップ王子に怪我がなくてよかったよ」

僕が言うと、フィリップ王子は首を横に振った。

「いや、それはこちらの台詞だ。ヴィラルド王国の留学生に怪我をさせたら、外交問題になるところだった。アルベルト君が無事でよかった」

これ以上他の魔獣に出会う前に、僕達は帰ることにした。

サラマンダーは護衛騎士の一人がマジックバッグに収納して持ち帰るそうだ。

「それにしても、こんなところにサラマンダーが出てくるとは思わなかったな。しばらくは学生の立ち入りを禁止にして、騎士団に調査をさせよう」

そう言うフィリップ王子はすっかり統治者の顔をしている。

そんなフィリップ王子の横顔を見ながら、僕とノワールは森を後にした。

◇◆◇◆◇◆

フィリップはアルベールとノワールを学校の前で降ろすと、そのまま馬車を王宮に向けて走らせた。

今日入った森に、今まで危険な魔獣がいると報告されたことはなかった。

それなのに、いるはずのないサラマンダーに遭遇《そうぐう》したのだ。

ノワールがいなければ、自分達だけで生還するのは難しかったかもしれない。

フィリップはその未来を想像してゾッとする。

ようやく想いを寄せていたシャルロットとの婚約に漕ぎ着けたのに、結婚もせずに死んでしまうなんて考えたくもない。

シャルロットとは昨年、ヴィラルド王国の建国祭の時に顔を合わせた。

アルベール王子が自分と同い年なのでそちらと交流を持たされるのかと思っていたが、当のアルベール王子は病弱ということでシャルロット王女が応対をしてくれた。

自分達を婚姻させて、友好関係を強固なものにしたいと考えているのだろうか。

そんな思惑に乗ってやるのも癪《しゃく》だと思っていたが、シャルロットに会った途端、そんな考えは吹き飛んだ。

シャルロット以外の人と結婚するなど考えられなくなった。

話をするうちに、彼女も自分に好意を持ってくれていると確信した。

自国へ戻るなり正式に婚姻を申し込んだが、一名が難色を示した。

彼女の父親であるヴィラルド国王だ。

国王がシャルロット王女を溺愛しているというのは有名な話だったから驚きはなかった。

一年かけてようやく許可をもらったが、実際の婚姻はまだまだ先になりそうだ。

そんなことを考えていると、馬車が王宮に到着した。すぐに父である国王への面会を求める。

突然の訪問だったが、それだけ急を要すると判断されたのだろう、すぐに面会を許された。

フィリップは護衛騎士を伴い、国王の執務室へと向かった。


フィリップが執務室に入ると、国王は書類から目を上げることなくフィリップに声をかけた。

「突然、どうした？　学校で何かあったのか？」

いつもと変わらない父親の多忙さに同情しつつも、わざわざ時間を割いてくれたことに感謝して、フィリップは話を進めた
「いえ、学校ではありません。先程郊外の森に入ったところ、サラマンダーに遭遇しました」

その報告を聞いて、国王は驚いて顔を上げた。

あまりに慌てたため、サインをしていたペンが書類を掠めてインクの痕が残ったが、国王はそんなことを気にしてはいられないようだった。

「サラマンダーだと！　怪我人は？　まさか死者が出たなどとは言うまいな！」

予想通りの国王の反応にフィリップは苦笑したが、すぐに顔を引き締めた。

「大丈夫です。誰にも被害はありません。ヴィラルド王国の留学生の従魔が倒してくれました」

フィリップは証拠として護衛騎士のマジックバッグからサラマンダーの死骸を取り出そうかと考えた。しかし、流石にこの場ではそういう訳にもいかないだろうと思い直し、バッグの中身を覗かせるだけにする。

国王はマジックバッグに入ったサラマンダーの死骸を見て、フィリップの話が真実だと理解した。

「ヴィラルド王国の留学生の従魔が倒したかだと？　……例の彼か。その従魔とはなんだ？」

途中の言葉は聞き取れなかったが、国王はその従魔に興味を持ったようだ。

「ブラックパンサーです。僕も初めて見ましたが、なかなかに強い従魔ですよ」

「ブラックパンサーか、なるほどな。それで、サラマンダーが出たという報告だけか？」

ようやく本題に進めるようだ。

「今日入った森では、今までこんなに強い魔獣が現れたという報告はありませんでした。だからこそ学校指定の狩りの場所としても有用だったのですが……今回の一件で、しばらくは学生の立ち入りを禁止させて森の調査を行いたいと思います。騎士団を貸していただけませんか？」

それを聞いて国王は了承した。

「あの森でサラマンダーが出たとは信じ難いが、調査は必要だろう。わかった。騎士団の人員を割いて、明日から調査を開始させよう。お前が指揮を執《と》るんだろう？」

国王の返事に、フィリップは頭を下げた。

「そのつもりです。許可していただきありがとうございます。ところで、このサラマンダーはどうしますか？」

サラマンダーには、それなりに魔導具の素材として重宝する部位がある。

「もちろん、倒してくれた留学生に必要な部位を選んでもらい、残りはお前達で分けるがいい。それでも残ったら、王宮付きの魔導師に回してくれるか？」

フィリップは国王の指示に「わかりました」と返した。

もっとも、アルベールが素材を欲しがるかはわからなかったが。今日だって、死骸を護衛騎士のマジックバッグに入れるところを見ても何も言わなかったのだ。サラマンダーの素材で作れる魔導具程度には興味がないのかもしれない。


翌日、国王によって派遣された騎士団と護衛騎士を連れて、フィリップは森に入った。

複数班に分かれて森を一週間かけて回ったが、いつものように弱い魔獣しかいなかった。

討伐が目的ではないので、魔獣に出会っても追い払うだけに留めさせる。

最終日に各班からの報告を聞いたが、どこからも同じ答えしか返ってこなかった。

つまり、サラマンダーの巣穴どころか、サラマンダーが潜んでいた痕跡すら見つからなかったのだ。

「結局、いつも通りの森ということか」

フィリップの心配は杞憂《きゆう》に終わった。

それはよしとしても、何か釈然としない。

サラマンダーが現れたのはただの偶然か、それとも……

もう一度、アルベールと森に行く必要があるかもしれない。

フィリップはこっそりと決意しつつ、学校へと戻った。

◇◆◇◆◇◆

フィリップ王子が森に調査に行って一週間が過ぎた。

調査の結果、強い魔獣はいなかったらしい。

それならば、何故僕達が行った時にはサラマンダーが出たんだろうか？

ともあれ、森への立ち入り禁止が解除されたので、早速ノワールと出かけようとした時。

「アルベルト君。申し訳ないけど君はちょっと遠慮してもらえるかな？」

そう声をかけてきたのはフィリップ王子だった。一体どういうことだ？

「フィリップ王子。理由を聞かせてもらってもいい？」

いくらこの国の王子と言えど、理由もなく人の行動を制限することは許されない。

僕の問い掛けに、フィリップ王子は言葉を詰まらせた。

「理由はちょっとまだ言えないな。僕自身、確証もないしね。その代わり明日は僕と一緒に森に行こう。それでいいかな？」

確証がないってなんだろう。

一週間の調査で実は何かわかっていたのかな？

危険のない森だと確定したのではなかったのだろうか？

どちらにしろ、今ここで話してもらえない以上、明日を待つしかないだろう。

森へ行くのを楽しみにしていたノワールには申し訳ないが、今日は学校で大人しく過ごすことにした。

翌日の放課後、前回と同じようにフィリップ王子と彼の護衛騎士達と一緒に馬車で森へと向かう。

森に着いた途端、馬車から飛び出そうとするノワールをフィリップ王子が止めた。

中型犬の大きさになっているとはいえ、それなりに力があるノワールを止めるなんて、流石に鍛《きた》えているだけのことはある。

「済まないね、ノワール。今日は僕達と一緒に行動してもらえるかな？」

キラッキラの王子スマイルに、ノワールがフイと顔を逸らした。

『仕方がないなぁ、わかったよ』

ノワールのやつ、僕の時と随分態度が違うみたいだな。

馬車を降りて森に入ってしばらく歩いていると、あからさまに護衛騎士達が僕達と距離を取り始めた。どうやら、また二人きりで会話をさせてくれるようだ。

このくらい離れれば会話は聞かれないだろう。そう思いフィリップ王子に話しかけた。

「それで、今日一緒に森に来た理由を聞いてもいいかな」

フィリップ王子は歩みを止めることなく返事をする。

「調査の結果、この森にはサラマンダーの巣穴は見当たらなかった。というか潜んでいた痕跡すらなかったんだ」

巣穴どころか潜んでいた痕跡すらない？

それって、まさか？

「それじゃサラマンダーはいきなり現れたっていうこと？」

僕の言葉にフィリップ王子は頷いた。

「そう考えた方がしっくり来る。あの大きなサラマンダーの痕跡を見落とすなんてあり得ない。そうなると、あのサラマンダーはいきなりどこからか現れたという結論になる」

だけど、どうしてそれが僕とノワールに関係してくるんだ？

そう考えてハッとした。

……まさか。

その時、前方に不意に大きな魔獣が現れた。

大きな牛のような魔獣だ。

あれって、ベヒーモス⁉

ベヒーモスは牛よりも大きな角をこちらに向けて突進してきた。

やばい！　逃げなきゃ！

だが、突然のことで足が竦んで動けない。

「【アースウォール】！」

フィリップ王子が魔法を唱えて、僕達とベヒーモスの間に壁を作った。

いきなり現れた土壁に、どんっとベヒーモスがぶつかる。

ほっとしたのも束の間、ベヒーモスが二度、三度と土壁に体当たりをしてきて、今にも壁が崩れそうになる。

このままではやられてしまう、と思った時。

『僕の出番～』

歌うように言いながら土壁を乗り越えたノワールが、ベヒーモスに躍《おど》りかかった。

壁の向こうでは二匹の攻防が始まったが、すぐに静かになる。

フィリップ王子が土の壁を消すと、そこには倒れたベヒーモスに食らいつくノワールがいた。

「どうやら僕の考えが正しかったみたいだね。この森に魔獣を呼び寄せているのは、アルベール王子かノワールか、もしくはその両方だ」

えっ、ちょっと待って。

僕が小さい頃から森に行ってるけど、そんなに強い魔獣なんて出なかったよね。

だけど、ノワールと一緒に森に行くようになって……

僕が呼び寄せていないとしたら、ノワールが呼び寄せているってこと？

それとも僕とノワールが一緒にいることが原因？

まさかの事実に僕は頭を抱えた。

僕はベヒーモスを倒して満足げにしているノワールを見た。

早く僕に褒めてもらいたくてウズウズしているが、口から下はベヒーモスの血で汚れているので僕に近付くのを遠慮している。

こういうところも可愛いんだよな。

【クリーン】で綺麗にしてやると、待ってましたとばかりに僕に飛び付いてきた。

ちょっと！

その大きさで飛び付かれたら……！

ドシン！

案の定、僕はノワールの勢いに堪えきれず尻餅をついてしまった。

そんな僕にノワールは体を擦り付けてくる。

ほんとにでかい猫だな。

僕は地面に座り込んだまま、体を擦り寄せるノワールの顔を両手でガシッと掴むと、僕の方を向かせた。

「なぁ、ノワール。お前、強い魔獣と戦いたいって思ったのか？」

僕の質問に、ノワールはしれっとした顔で答える。

『そりゃ、久しぶりに森に来たんだから当然だよ～。魔獣と戦うのを楽しみにしてたんだもん』

ノワールの言葉に頭を抱えたくなったが、だからと言って今日のベヒーモスをノワールが呼んだという証拠にはならない。

「前回、サラマンダーが出た時もそうだったのか？」

それを聞いて、ノワールはちょっと考えるように首を傾げた。

『サラマンダーの時？　う～ん、どうだっけ？』

ノワールはしばらく考えていたが、やがてぱっと顔を輝かせた。

『あ、そうそう！　森の中に入ってウロウロしてたけど、ちっちゃい魔獣ばっかりで僕を見て逃げ出すから、何か強い魔獣いないかな～って思ったよ。いけなかった？』

キョトンとした顔を僕に向けるノワールが可愛すぎる。

って、いやいや。ちゃんと検証しないとね。

「父さんと森に行った時はどうだった？　魔獣が出てくればいいと思ったのか？」

それを聞いたノワールは、申し訳なさそうに眉を下げる。

『そんな前のことは覚えてないよ。森に行って嬉しかったのは覚えてるけど……』

それまで黙って聞いていたフィリップ王子が不意に口を挟んだ。

「ノワール。もう一匹魔獣と戦いたいと思わないか？」

それを聞いたノワールは、フィリップ王子に顔を向けてしっぽを振った。

『もう一匹！　戦いたい！　あまり強くなくてもいいけど、手応えのあるやつがいいな』

ノワールがそう言った途端、遠くから魔獣の唸り声が聞こえてきた。

嘘だろ！

僕は慌てて立ち上がると、警戒態勢を取った。

茂みから現れた魔獣はグリズリーだった。

「この森にはグリズリーなんていないんだけどな」

フィリップ王子の呆れたような声が聞こえた。

ノワールは今にも飛びかかりそうな勢いで身構えている。

現れたグリズリーも、ノワールを対戦相手だと認めたようだ。

僕とフィリップ王子は警戒しつつノワールから離れた。

十分後、散々グリズリーをいたぶったノワールは、その体を地面に転がしていた。

「どうやら、ノワールが魔獣を呼んでいたのは間違いないようだな」

それに関しては僕も異を唱えるつもりはない。

ただ、ノワールが魔獣を呼ぶのに僕が関係しているのかどうかはわからない。

できれば関わっていたくはないんだけどな。

その検証は自国に帰ってからにした方がよさそうだ。

ベヒーモスとグリズリーの死骸はフィリップ王子の護衛騎士に預けた。

僕は地面にドサリと腰を下ろして、護衛騎士が死骸を片付けているのを見つめる。すると、フィリップ王子がこそっと話しかけてきた。

「随分とお疲れのようですね。義兄上《あにうえ》」

今、なんて言った？
・・・
義兄上だって？

僕は膝に頭を乗せているノワールを撫でながら、顔を上げてフィリップ王子を軽く睨《にら》んだ。

「まだそんな風に呼ばれる関係ではないんだけどな。というか、敬語は距離を感じるから嫌なんじゃなかったの？」

僕の視線を、フィリップ王子は涼しげな笑顔で軽く受け流す。

「ちょっとした予行演習ですよ。こうやって一緒にいられる機会はそうそうないですからね」

確かにノワールが魔獣を呼んでいるとわかった以上、この先一緒に森に行くことはないだろう。

だけど、まだフィリップ王子に義兄上とは呼ばれたくない。

僕の不機嫌さを察したフィリップ王子は「これきりにしますよ」と肩を竦めた。

こうして僕は、魔獣と戦って超ご機嫌なノワールを連れて森を後にした。


季節はあっという間に過ぎて、卒業式の日を迎えた。

卒業式には家族が招待される。

流石に父上と母上が来る訳にはいかないので、父さんと母さんが来てくれた。

もちろん、サミィに頼んでエルフの里経由で連れてきてもらった。

このデュプレクス王国でのサミィの家で両親と落ち合い、一緒に学校へ向かうのだ。

長期の休みの時には国に帰っていたが、王宮に留まることが多く、下町にはほとんど顔を出せなかった。

「やぁ、アル。卒業おめでとう。しばらく見ないうちにまた背が伸びたんじゃないのか？」

到着早々、父さんがギュッと抱きしめてくる。

父さんがジルに対抗して体を鍛えているのはわかっているから、そんなに締め付けるのはやめてほしい。

「父さん、苦しいってば！」

逃げようとすると更に締め付けてくるのは勘弁してほしい。

そんな僕達を見て、母さんはクスクス笑っている。

「最近シモーヌに相手にされないから、アルを身代わりにしているのよ」

女の子は年頃になったら男親を鬱陶《うっとう》しく思うってやつ？

この世界にもそういうのがあるんだな。

シャルロットは貴族だから、父上とは元々それなりに距離を取っていたけど、下町の家族は距離が近い分鬱陶しがられるとキツイよね。

これぱっかりは僕にもどうしようもないな。

父さんがようやく僕を放してくれた時に、疑問に思っていたことを聞いてみた。

「ねぇ、父さん。レオとルイを連れて森に行った時に、強い魔獣って出てきた？」

僕の質問に父さんは訝《いぶか》しげな顔を見せる。

「強い魔獣？　まぁ、それなりに強いやつはいたけど、どうしてだ？」

そこで僕はフィリップ王子と森に行った時のことを話した。それを聞いた父さんと母さんは、驚《きょう》愕《がく》の声をあげる。

「グリズリーはともかく、サラマンダーにベヒーモスだって？　よく無事だったな！」

「フィリップ王子が一緒だったなんて！　お怪我なんてさせてないでしょうね？　こんなことマーゴの耳に入れられないわ！」

なんで母上に？

と思ったが、フィリップ王子はシャルロットの婚約者だ。いくら無事だったとはいえ、僕の従魔のせいで彼を危険に晒したなんて確かに話せないな。

僕だって、サラマンダーに会った時にはシャルロットの顔が頭をよぎったからね。

「どれもノワールが倒してくれたからね。もっとも、魔獣を呼び寄せたのはノワールらしいんだ」

そう言って暖炉の側に寝そべるノワールを見やった。

ノワールは我関せずといった感じで、暖炉の前で丸くなっている。

「ノワールが呼び寄せた？　まさか！」

「いや、間違いない。だから、レオとルイも呼び寄せられるのかなって思ったんだ」

父さんはちょっと考えていたが、やがて首を横に振った。

「レオとルイを森に連れて行った時は、普通の魔獣にしか出会わなかった」

そうなると、ノワールだけに呼び寄せる力があるってことか。

そこに僕も関係してくるかどうかを検証するのは、やはりヴィラルド王国に帰ってからだな。

そのうちに学校に行く時間になった。

父さんと母さんと一緒に馬車に乗り込み、学校へと向かう。

卒業生代表として挨拶をするのはフィリップ王子だ。国王と王妃も、保護者及び来賓として参列している。

滞りなく卒業式も終わり、立食パーティーが始まった。

国王夫妻は来賓として一段高い場所に座っているが、フィリップ王子は護衛騎士と共に立食パーティーを楽しんでいた。

僕も両親と軽食を摘んでいると、フィリップ王子がこちらにやってきた。

「アルベルト君。そちらの方は？」

「えっと……詳しいことは話せないんだけど、貴族籍に戻る前、ヴィラルド王国で僕がお世話になった人達だよ」

僕はアルベルト・モーリアックの設定を思い出しながら説明した。

仮にフィリップ王子が怪しんでも、この場では追及してこないだろう。

僕の横に立つ両親が慌てて礼を取るが、フィリップ王子は手を挙げてそれを制する。

「今は卒業生としてここにいるので、そう畏まらないでください。ちょっとアルベルト君をお借りしますよ」

そう言うと、フィリップ王子は僕の手を取って歩き出した。

「ちょっと！　どこに行くんだ？」

フィリップ王子と彼に引っ張られて歩く僕を、周りの人々が何事かと興味深く見つめている。

「僕の両親を紹介するよ」

フィリップ王子の両親って、国王夫妻じゃないか。それってまずくないか？

そう思いながらも、フィリップ王子の手を振りほどく訳にもいかず、気が付くと僕は国王夫妻の前に立っていた。

フィリップ王子は手を放すと、僕の背中をグイと押して国王夫妻に近付けた。

「父上、母上。ヴィラルド王国からの留学生である、アルベール王子です」

はぁ？

なんでその名前を言うんだ？

僕があたふたしていると、デュプレクス王国の国王は軽く頷いてみせた。

「ああ、ヴィラルド王国の国王から話は聞いている。せっかく会えたのが卒業式の日とは残念だが、フィリップとシャルロット王女との婚約も整ったことだ。これからもよろしく頼む」

国王の言葉に僕は驚いた。僕の身分を隠して留学させたんじゃなかったのか？

「あ、あの、父上からはそんな話は一言も聞いていないんですが、僕を王子だと知っていらしたんですか？」

国王は当然だ、と言うように頷いた。

「当たり前だろう。一国の王子を預かるんだぞ、知らない訳がないだろう」

言われれば確かにその通りだ。僕に何かあってもいけないし、僕が何か問題を起こしてもいけない。

あの狸親父め、僕を騙《だま》したな。

一人で憤慨《ふんがい》している僕を見て、国王は面白そうにくっくっと笑っている。

「相変わらずアレクは悪戯《いたずら》好きみたいだな。学生の頃からちっとも変わっていない」

父上を愛称で呼ぶってことは、昔から交流があるのかな？

そんな疑問が顔に出ていたらしく、国王は更に続けた。

「アレクも昔この国に留学していたからな。まさかお互いの子ども同士が婚約することになるとは思わなかったが。ハッハッハッ！」

豪快に笑う国王に、僕は苦笑を返すしかなかった。父上ったら何も教えてくれないんだから。

「それを言うなら、父上。僕だって何も教えてもらえなかったことに驚きましたよ」

フィリップ王子が苦笑いしながらそう言った。

「まあそう責めるな、フィリップ。お前なら自力で王子の正体を見抜くだろうと思い、あえて伝えなかったのだ」

国王はフィリップ王子にキラキラした笑顔を向ける。うわあ、親子そっくりだな。

しばらく談笑して国王の前を辞する時に、フィリップ王子はこっそりと僕に囁いた。

「近いうちにシャルロット王女に会いに行くよ。その時にまた会おう」

その嬉しそうな笑顔にシャルロットへの想いが溢れているようで、僕は少し安心した。

「ああ、楽しみにしているよ」

父さんと母さんのところへ戻ると、どっと疲れが押し寄せてきた。国王との会話は、思っていたよりも緊張したみたいだ。

「なんだ、アル。随分と疲れてるみたいだな」

父さんに言われて僕はため息をついた。

「だって、まさかここで国王陛下にお目通りするなんて思ってもみなかったからね。まあいいや。学校も卒業したことだし、ヴィラルド王国に帰ったらしばらくはのんびりしようかな」

すると、父さんと母さんは顔を見合わせて何か言いたげにする。

一体何事だろうか。

僕と目が合うと気まずそうに顔を逸らしている。

「二人共、どうかした？」

そう聞いても「別に……」と言葉を濁《にご》すだけだった。

そんな両親と一緒に、僕はヴィラルド王国へと戻った。

帰るとすぐに父上のところに行くようにと、父さん達に送り出される。

自室に着くと、いつものようにエマが迎えてくれた。

「アルベール様。お帰りなさいませ。陛下がお待ちです」

半ば追い立てられるように父上の執務室へと連れていかれる。

扉が開いて中に足を踏み入れると、執務机の向こうに座っている父上が、満面の笑みで迎えてくれた。

「アルベール、お帰り。留学は楽しかったかい？」

その笑顔に何か裏がありそうだと思いながら、僕は父上の前に立った。

「ただいま帰りました。それなりに充実してましたけど、僕の留学はデュプレクス王国には極秘ではなかったんですね」

それを聞いて父上は心外だというような顔をした。

「身分を隠すとは言ったが、デュプレクス王国に知らせないとは言ってないぞ」

そう言われて、留学を告げられた時のことを思い返した。

確かに、言われてみればそうかもしれない。つまり僕が早とちりしたということか？

ガックリと項垂れた僕に、父上は更に追い打ちを掛けてきた。

「四月からは五年生としてまた学校に通ってくれよ。リシャールも新入生として通うことになるし、兄弟揃って学校に通うなんてなかなかないからな」

……はい？

今、なんて言った？

「父上、僕は卒業したんじゃないんですか？」

父上は非常に嬉しそうな笑顔を僕に見せる。

「卒業したのは〝アルベルト・モーリアック〟だ。〝アルベール〟はこの一年学校に通っていないから、留年だな。残り一年間、下の子達のことを頼んだぞ」

それを聞いて僕は父上の真意を悟った。

父上は上機嫌に話し続ける。

「初めは、フィリップ王子のところには間諜を忍び込ませるつもりだった。だがその時、お前を別人として留学させればフィリップ王子の調査と並行して学校内の制度事情も探ることができ、戻ってきた時には下の子達と一緒に学校に通わせられると気付いてな」

つまり、自分の子どもが一緒に学校に通っているところを見たいから、僕を別人として一年間留学させたのだ。

いくらなんでも親バカすぎる。

こうして僕の卒業後のスローライフはお預けとなったのだった。

第七章　ドラゴンとの邂逅《かいこう》

留年

りゅうねん

リュウネン

…………

やめよう。

どんどん虚しくなってくるだけだ。

前世では留年どころか浪人もせずに大学に合格したのに、転生して留年を経験するとは思ってもみなかったよ。

それもこれも皆父上のせいだ。

……いや、父上の言葉の裏を読み取れなかった僕が悪いのか？

だけど普通に考えて、自分の子どもを留年させるつもりで留学させるなんてことはしないよね。

留年もだけど、妹のシャルロットと同学年になるってことがショックだ。

兄としての威厳がなくなってしまいそうだ。

シャルロットは僕が同学年になることを気にしないかもしれないが、やはり先に生まれた者としては譲れないものがある。

王宮の自室で落ち込んでいる僕に、ノワールがまとわりついてきた。

ゴロゴロと喉を鳴らしながら体を僕に擦り付けてくる。

お前はネコ科！

あ、違った、猫か！

なんて誰にも聞かれないのをいいことに、心の中でバカみたいなダジャレで突っ込んでみる。

『ねぇねぇ、暇なら森に行こうよ』

いつもと変わらないノワールにほっこりと癒やされる。

森かぁ。

そういえば、ノワールが魔獣を呼び寄せるのかどうかを検証するつもりだったな。

学校が始まる前にさっさと片付けてしまおう。

僕はエマに「下町に行く」と父上への伝言を頼むと、ノワールと共に転移陣で下町に向かった。

突然帰ってきた僕を父さんが何事か、と迎えてくれた。

「父さん。ちょっとノワールと森に行ってくれないか？」

「ノワールと森に？　それは構わないが、一体何事だ？」

「ほら、前にデュプレクス王国の森でサラマンダーとかに出会ったって言っただろ？　それについて、魔獣を呼び寄せているのがノワールだけなのか、ノワールと僕が一緒にいるから起こることなのか検証したいんだ。協力してくれないかな？」

それを聞いて、父さんは思い出したようにポンと手を打った。

「ああ、あれか！　確かに検証は必要だな。わかった！　俺がノワールを連れて森に行けばいいんだな？」

流石は父さん。話が早くて助かるよ。

そこから細かい点も打ち合わせをして、先に父さんとノワールが森に入り、時間を空けて僕が合流することになった。

「それじゃ、先に行ってるぞ」

『アル！　早く来てね！』

いまいち話がわかっていないノワールが、名残惜しそうに父さんに連れられて森に向かった。

図体はでかいのにいつまでも子どもみたいで可愛いやつだな、ノワールは。

そうしてしばらく家で時間を潰した後、父さん達の後を追って森に入った。

さて、父さん達は何か強い魔獣に出会っただろうか？

ドキドキしながら父さん達が通ったルートを追いかける。

そろそろ打ち合わせた合流地点のはずだが……

そう思いながら進んで行くと、前方に父さん達の姿が見えた。

魔獣の姿は……ないな。

僕はがっかりとも、ほっとしたともわからないため息をついて、足早に近付いた。

「父さん！　ノワール！」

後ろから声をかけると、父さんとノワールは同時に振り返った。

「おう！　アル、来たか」

『アル！　待ってたよ～！』

ノワールが勢いよくこちらに向かって駆けてくる。

!!

ちょっと、待て！

そんな勢いで駆けてきたら！

あっという間にノワールは僕の目の前に現れ、飛び付いてきた。

避ける間もなく、またノワールの体を受け止めきれずに、僕はノワールに押し倒されていた。

どうせ押し倒されるんなら女の子の方がいいな、いや、僕が押し倒す方がいいのか？

なんてバカなことを考えながらノワールに顔を舐められている。ほんとに甘えん坊だな。

「特に強い魔獣はいなかったぞ。ノワールにも強い魔獣を呼ぶように言ったけど、それらしいやつには出会っていない」

父さんが僕を助け起こしながら、そう教えてくれる。

そうか。

そうなるとやはり僕が一緒だと強い魔獣が現れると言うことか。

よし！

僕は深呼吸して気合を入れると、ノワールに言った。

「ノワール。強い魔獣と戦いたいって思ってごらん」

僕に言われてノワールは目をキラキラさせる。

『うん！　任せて！』

あ、しまった！

ほどほどにと言うのを忘れてた！

付け足そうとしたが既に遅かった。

ノワールの返事の後、間髪容れずに頭上からバサッ！　バサッ！　と羽音が響いた。

えっ！　空から？

顔を上に向けると、そこにはなんとワイバーンがいた！

そんなの聞いてないよ～。

突然現れたワイバーンに僕と父さんは驚いていたが、ノワールは嬉しそうだ。

そのワイバーンは、前世のゲームで見たイラストと似たような姿をしていた。

ドラゴンのような頭にコウモリの羽根、ワシのように鋭い爪のある足、尻尾はヘビで、その先には矢尻のような棘があった。

僕達が驚いているのと同時に、そのワイバーンも、自分が突然この場所に来たことに戸惑っているようだった。

僕とノワールが召喚したようなものだから、無理もないけどね。

だがすぐに僕と父さんの姿を見て敵と認識したのか、こちらに向かって急降下してきた。

僕と父さんが慌てて左右に避けると、その間をワイバーンが通過していった。

完全に避けきったつもりだったが、僕の腕をワイバーンの翼が掠めていく。

「イタッ！」

思わず声をあげてしまったが、そんなことに気を取られている場合ではなかった。

後ろを振り返ると、ワイバーンが旋回してまたこちらに向かってくるところだった。

視界の端に父さんが剣を構えているのが見えて、僕も急いで剣を抜いてワイバーンの攻撃に備える。

ワイバーンは僕を目がけて突っ込んできた。

父さんよりは僕の方が弱そうだと思われたのかな。

まぁ、実際にそうだから間違ってはいないけどね。魔獣に対応する経験だって、父さんに比べたら乏《とぼ》しいしね。

剣を構える僕に向かって来るワイバーンが大きく口を開けた。

まさか!?

開いた口から僕に向かって炎が吐き出される。

やっぱり火を吹くのかよ！

「【アイスウォール】！」

咄嗟《とっさ》に魔法で防いだけれど、相手は空を飛べるワイバーンだ。また旋回して別の方向から飛んで来るに決まっている。

案の定、向きを変えたワイバーンが反対方向から僕を目がけてやってくる。

ワイバーンが僕に向かって口を開けようとしたところで、ノワールがワイバーンに飛びかかり、その喉笛に噛み付いた。

ん？

今、ノワールが空を飛んだ？

と、思ったが違った。

僕が作った氷の壁を足がかりに、大ジャンプをしてワイバーンに飛びかかったようだ。

ワイバーンはそのまま地面に叩きつけられた。

ノワールはワイバーンに噛み付いたものの、皮膚の硬さに攻めあぐねているようだ。

父さんがすぐに走り寄って、ワイバーンに剣を突き刺す。僕も駆け寄り加勢する。

ようやく息絶えたワイバーンに、僕達はほっとした。

「もう！　ノワールってば、なんでワイバーンなんか呼ぶんだよ」

僕が文句を言うとノワールはちょっと小首を傾げた。そんな可愛いポーズをしても許さないぞ。

『んー？　空を飛ぶ魔獣もいいかなと思ったんだけど、駄目だった？』

駄目に決まってるよ。

こっちは空を飛べないんだからね。

「頼むから、あまり強い魔獣は呼ばないでくれよ。空を飛ぶ魔獣は禁止だからね」

やれやれ。

それから父さんとワイバーンの解体を始めた。ワイバーンの部位にはいろいろと使い道があるらしい。

「それにしても、アルとノワールがいると魔獣を呼び寄せられるのはわかったが、魔獣を呼ぶ能力があるのはノワールだけなのか？」

父さんに聞かれてふと思った。

そういえば、今まではノワールが魔獣と戦いたいって思うことで魔獣を呼べたんだよね。

僕がそう思ったらどうなるんだろう？

「ちっちゃいドラゴンと戦いたいって思ったら呼べるのかな？」

つい、思ったことを口にしてしまった。

すると、父さんとノワールが驚愕の目を僕に、いや、僕の後ろに向ける。

何をそんなに驚いているんだ？

不思議に思って振り返ると、そこには小さなドラゴンがいた。

嘘!!

それは本当に小さなドラゴンで、殺してしまうにはあまりにも可哀想すぎた。

ドラゴンは僕達を見てキョトンとしている。

僕は大バカだ！

「今のはなし！　ドラゴンとなんて戦いたくない！」

慌てて叫ぶと、小さなドラゴンはフッと姿を消した。

言うまでもなく、父さんとノワールは安堵のため息をついた。

僕も無駄に命を奪うことにならなくて安心した。あの小さなドラゴンは無事に親元に帰れただろうか。

まったく、ノワールといる時は言動に気をつけないといけないな。

ドラゴンがいなくなってほっとしていると、父さんが思い出したようにこう言った。

「そういえば、ドラゴンの中には従魔にできるのもいるらしいが、さっきのドラゴンはどうだったんだろう？」

えっ？

ドラゴンを従魔に？

それはなんとも魅力的だな。

ドラゴンを従魔にしたとして、大きくなったら背中に乗せてもらって空を飛ぶことができるのかな。

空を飛びながら移動して……

なんてことを想像していたら、突然ノワールが前足を僕の肩にかけて顔を覗き込んできた。

実際は僕よりも大きいくせに、わざと小さくなって伸び上がるようにしている。

まったく、あざと可愛いやつめ。

『アル！　ドラゴンなんか従魔にしないよね？　アルの従魔は僕だけだよね？』

なんて目をウルウルさせている。

くぅっ！　なんて可愛いんだ。

そんな風に言われたら、他の魔獣を従魔になんてできないよ。

「ノワール。大丈夫だよ。僕の従魔はノワールだけだからね」

そう言って、伸び上がったノワールの体を抱きしめてやる。

ノワールのあざとさに気付いていながらも、こうやって甘えられるとつい許しちゃうんだよな。

傍から見るとラブシーンみたいに見えるかな。

ノワールを宥めながらも、心のどこかではドラゴンを従魔にできないことに少しだけがっかりしているのは内緒だ。

「アル！　さっさとワイバーンの解体を終わらせるぞ」

父さんの呆れたような声に、僕は我に返ると、ノワールの前足を下ろしてワイバーンのところに戻る。

解体を再開しようとした時、森の入り口の方から大勢の足音が近付いて来るのが聞こえた。

何事かと父さんと僕が身構えると、現れたのは王宮騎士団と宮廷魔術団の一行だった。

「アルベール王子、ご無事ですか？」

先に声をかけてきたのは騎士団長だった。

騎士団と魔術団が現れたのも驚きだが、「王子」と声をかけられたのにはもっと驚いた。

どう返事を返していいのかわからず口をハクハクさせていると、騎士団長の後ろで他の騎士達が僕を見て嬉しそうな顔をした。

「おお、確かにアルベール王子様だ」

「王妃様によく似ておられる」

「ご病気から回復されたというのは本当だったんだ」

などという声があがっている。

「……あの、騎士団長。どうしてこちらに……？」

騎士達の声はとりあえず無視して、騎士団と魔術団がこの場所に現れた理由を聞いてみた。

「私がワイバーンが現れたことを感知したので陛下に報告したところ、こちらの森にアルベール王子が向かわれたと聞いたので、助太刀に参りました。もっとも、私達の到着前にアルベール王子が倒されたようですね」

そう答えたのは魔術団長のジェロームさんだ。

だが、ワイバーンを倒したのは僕だけの力ではない。

「僕じゃなくてノワールのおかげですよ。それにクレマンさんもいましたからね」

事情を知らない騎士や魔術師の前で、「父さん」と呼ぶことはできない。

僕がノワールを招き寄せると、また騎士達の間で歓声があがる。

「おお、凄い！　ブラックパンサーだ！」

「滅多にお目にかかれない魔獣だ！」

「ブラックパンサーが従魔なんて、流石はアルベール王子様だ！」

なんかめちゃくちゃいたたまれないんだけど、帰ってもいいかな？

騎士達の称賛に乾いた笑みを浮かべていると、今度は魔術師達がずいと僕に迫ってくる。

「アルベール王子！　こちらの氷壁はどなたが出されたのですか？」

「もしかしてアルベール王子様ですか？　もう一度出してもらうことはできますか？」

そう言われて、先程ワイバーンの炎を防いだ【アイスウォール】が溶け残っていることに気付いた。

あれ？　もうとっくに溶けてなくなったと思ってたのにな。

「……僕だけど、流石に魔力が残ってないかな……」

実際には余裕だけど、ここでそれを披露すると更に面倒な事態になりそうなので、誤魔化しておいた。

もっとも、父さんと騎士団長とジェロームさんは僕の言葉が嘘だと気付いているだろうけど。

「アルベール王子。ワイバーンの解体は我々が行いますので、先に陛下の元にお帰りください。心配しておられましたよ」

騎士団長にそう言われては、断ることもできない。

僕と父さんとノワールは、解体と後片付けを騎士団に任せて魔術団と共に王宮に帰ることにした。

しばらくすると、森を抜けて王宮へと続く門に着いた。

「アルベール王子。それでは私はここで失礼させていただきます。またご一緒できる日を楽しみにしています」

周りに魔術師達がいるので、父さんはかしこまった口調で僕に暇《いとま》を告げた。

「こちらこそありがとう、クレマンさん。また次回を楽しみにしてますよ」

僕も仕方なしに父さんに合わせる。

だけど父さんのあの顔は何かを隠しているみたいなんだよね。

父上が待っていることと何か関係があるのかな。

魔術団の皆と王宮に入ると、そこには父上の侍従長が待っていた。

「アルベール王子、お帰りなさいませ。先程から陛下がお待ちですよ」

魔術団への挨拶もそこそこに、僕は侍従長に連れられて父上の元へと向かった。ノワールはどこかで待たせた方がいいかなと思っていたら、侍従長に「ノワール様もどうぞご一緒に」と言われた。

侍従長に様付けされたノワールが目を白黒させていて、ちょっと笑った。王宮の中にはノワールを見慣れていない人もいるので、少し小さくなってもらう。

あれ？　執務室じゃないのか？

いつもなら執務室にいるはずの時間なのに、侍従長が僕を案内した先はお茶会室だった。

「陛下。アルベール王子をお連れしました」

侍従長が扉をノックしてそう告げると、すぐに扉が開かれ中に招き入れられた。

中に入って驚いた。

そこに座っていたのは父上だけでなく、母上、シャルロット、リシャールと一家勢揃いだったのだ。

一体何事なんだろう。

警戒しながら用意された席に着くと、ノワールは僕の足元に寝そべった。

全員にお茶を淹れると侍従長は退室していき、僕達家族五人だけになった。

「アルベール。ワイバーンが出たらしいが、大丈夫だったのか？」

父上の言葉に母上とシャルロットは驚きの声をあげ、リシャールは目を輝かせた。

どうやらリシャールはワイバーンが見たかったようだ。

いやいや、見るだけならいいけど対峙するのは命がけだからね。

そんな危険なこと、リシャールにはさせられないよ。

「大丈夫です。ノワールと父さんがいましたからね。解体は騎士団の方々にお願いしてきました」

そう言ってお茶を一口飲み、皆をざっと見回した。すると、父上が咳払いをする。

やはり話があるのは父上のようだ。

「アルベール。もう一年学校へ行く件だが……お前には第一王子として通ってもらう。新設するテイマー科の特待生だ」

父上の爆弾発言に、思わず口に含んでいたお茶を噴き出しそうになった。慌てて飲み込んだせいでむせてしまう。

「ゴホッ！　……父上、どういうことですか？」

父上に質問したのに、答えたのはリシャールだった。

「兄上。私が父上にお願いしたのです。一緒に学校に通うのなら兄弟として通いたいと……もしかしてご迷惑でしたか？」

リシャールがウルウルと目を潤《うる》ませて僕を見ている。

リシャールにそんな顔をされたら、駄目だなんて言えない。

「お兄さま。わたくしもお父さまにお願いしたのです。また一年間お兄さまと学校に通えるなら、学校でも自由にお兄さまとお話をしたいと……」

そうシャルロットに言われて、この国での学校生活を思い返した。確かに学校ではシャルロットと滅多に顔を合わせなかったし、会っても当然会話を交わすことはなかった。

学校で顔を合わせた時のシャルロットの少し寂しそうな笑顔を思い出し、申し訳なさでいっぱいになる。

今にも涙を零しそうなシャルロットとリシャールを前にして、僕がノーと言えるだろうか。言えるはずがない。

兄として求められているのに、それに答えられないなんて兄じゃない！

「シャルロット。リシャール。迷惑なんてことがあるものか。兄として喜んで学校に通わせてもらうよ」

そう言った途端、二人は母上を見て満面の笑みを浮かべた。

……あれ？

「ホホホ。言った通りでしょう。アルベールには下の子達がお願いするのが一番効くのよ」

母上の言葉に、父上もウンウンと頷いている。

「確かにそうだな。留学の時も、シャルロットの名前を出したらすぐ了承したからな」

もしかして嵌《は》められた？

愕然《がくぜん》としたけれど、王子としての僕と一緒に学校に通いたいというのは嘘ではないだろう。

こうして学校へは第一王子として通うことが決定したけれど、病弱設定はどうするんだ？

大体、平民としての〝アル〟は卒業できないままになるけど、父さんと母さんにはどう説明するんだろう。


僕の疑問のほとんどは、その後すぐ解決された。まず、第一王子の病弱設定はもともと撤回するつもりだったらしい。まあ、よく考えてみればデュプレクス国王やフィリップ王子には僕が元気に留学しているところを見られているんだし、今も病弱と言い張るのはおかしいよね。今回の一年間限定の通学を機に、徐々に回復していっているアピールをするようだ。

次に、平民としての僕は、在籍中に発明した魔導具の功績から王族に評価され、飛び級で卒業したことにされた。もともと父上は僕を平民としてもう一年通わせるつもりだったから、今回の処置はシャルロットやリシャールの嘆願による超特例らしい。完全に権力濫用だ……

ちなみに、父さんと母さんは事情を聞いてシャルロットとリシャールに同情し、僕が王族として通うことを快く認めてくれた。

そして、ようやく入寮の準備が始まった。

アルとして通っていた頃はほぼ自分で準備をしていたが、今回は王子として通うので準備はすべて侍従や侍女達によって行われている。

僕がやることと言えば、彼らに指示を出すだけだ。

それでも的確な指示を出せなければ彼らが効率よく働けないので、なかなかに難しいところもある。

やがて入寮の日を迎えた。

まずはリシャールが僕とシャルロットより一日早く入寮する。

皆が見守る中、少し緊張した面持ちのリシャールが挨拶する。

「父上、母上。それでは行ってきます」

まだまだ幼さの残るリシャールの挨拶に、皆が微笑ましく思っていた。

母上がリシャールを優しく抱きしめて、額にそっとキスを落とす。

「リシャール。行ってらっしゃい。アルベールとシャルロットの言うことをよく聞くのですよ」

そうは言っても、僕よりもよっぽどリシャールの方がしっかりしていると思うんだけどね。そこはあえて言わずにおこう。

「リシャール。しっかりと勉強に励むんだぞ。週末には必ず帰るようにな。それから……」

随分と過保護な父上の発言が続くが、末っ子のリシャールが心配で仕方がないのだろう。

リシャールが馬車に乗り込むと、静かに馬車が走り出した。

やがて角を曲がり、馬車の姿は見えなくなってしまう。

明日には学校で顔を合わせるとわかっていても、ちょっと寂しい。今までは僕が出かけることはあっても、リシャールが出かけて僕が置いていかれるなんてなかったからだろう。

いつも皆をこんな気持ちにさせていたのかと思うと、ちょっと申し訳なく思ってしまう。

父上と母上は、見送りが終わると執務に戻っていった。

僕とシャルロットは、もう一度明日の準備の確認のために部屋に戻る。

翌日、僕とシャルロットの出発する日になった。

豪華な馬車が二台並んで待っている玄関先で、僕達は父上と母上に出発の挨拶をした。

「それでは父上、母上、行ってきます」

そう告げた僕を母上が優しく抱きしめる。

流石にこの年で人前で抱きしめられるのはちょっと恥ずかしい。

「また背が伸びたのね、アルベール。行ってらっしゃい。リシャールとシャルロットをよろしく頼みますよ」

「お任せください、母上」

妹を頼むと言われれば、張り切らざるを得ない。シャルロットが可愛いのだから仕方がないね。

「お父様、お母様、行ってまいります」

シャルロットが微笑むと、周りにいる侍従達がほうっとため息をつく。

父上が駆け寄ってシャルロットを抱きしめようとして母上に止められていた。

一瞬顔を歪ませたのは母上に肘鉄を食らわされたに違いないな。

「う、うむ、シャルロット。最終学年だからな。しっかりと勉強するのだぞ」

それでもちゃんと喋れる父上は大したものだ。

挨拶を終えて、僕とシャルロットはそれぞれの馬車に乗り込んだ。

僕と一緒に乗り込むのはノワールと、侍従を務めるマルクだ。本来ならばエマがついてくるはずなのだが、男子寮ということでエマの弟のマルクが僕の世話をしてくれることになった。

王宮内でも何度か顔を合わせていたので、まるきり知らない仲でもない。

「マルク。一年間よろしく頼むよ」

僕が言うと、マルクはニコリと微笑んだ。笑った顔はエマにそっくりだ。

「こちらこそよろしくお願いいたします。精一杯努めさせていただきます」

やがて学校の門が見えてきた。

こちらは貴族用の門なので、かなり豪華な造りになっている。

今年も、門の横に大きなスクリーン型魔導具が設置されている最中だった。

なんか以前より大きくない？

門の前で手続きをする間、作業中の人々の話し声が聞こえてきた。

「そろそろ終わりそうか？」

「はい、もうまもなくです」

「そうか。あと王都内に二か所設置する予定だからな。終わり次第次に向かうぞ」

え？　学校だけじゃないの？

そんなの聞いてないんだけど。

いくらなんでも大袈裟すぎない？

リシャールの入学式には何かが起こりそうな嫌な予感がしていたが、この後それは間違いではなかったと僕は身をもって知ることになった。

第八章　テイマー科

翌朝目が覚めてベッドの中でモソモソしていると、マルクから声をかけられた。

「アルベール様、お目覚めですか。こちらでお顔をお洗いください」

ベッドの脇に洗顔用のお湯を用意される。

「あ、ありがとう」

顔を洗うとスッとタオルを差し出される。

本当にいたれりつくせりだな。

顔を拭き終わると今度はお召し替えを、と促された。

立ち上がると、てきぱきと僕の服を着替えさせてくれる。

あれ？

やけに華美な衣装なんだけど。

「マルク、なんでこの衣装なの？」

マルクは手を止めることもなく僕に答えた。

「今日の入学式に参列されるための衣装です。時間が迫っておりますのでお早くお食事をなさってください」

入学式に参列するなんて聞いてないよ。

「父上からは何も聞いていないいんだけど」

そう言うとマルクはニコッと笑った。

「アルベール様のスケジュールは私がすべて把握しておりますので、ご安心ください」

いや、それって僕が聞かされていないスケジュールがきっとまだあるってことだよね。あんまり安心できないんだけど。

マルクに文句を言っても仕方がない。どうせ父上も入学式に参列するつもりなのだろう。その時に直接文句を言うしかないな。

僕は既にマルクによって用意されていた朝食を手早く済ませると、身支度を終えた。

「アルベール様。ノワール様を起こしていただけますか」

マルクに言われてノワールを起こす。欠伸をしながら起き上がったノワールは体をグーッと大きく伸ばした。

マルクに先導されて、ノワールと共に入学式の行われるホールへと案内される。

直接ホールに入るのかと思ったら、ホール横の控室へと連れて行かれた。

「アルベール様。しばらくこちらでお待ちください」

何故控室で待たされるのかも知らされないまま待っていると、やがて扉がノックされた。

マルクは扉を開けて来訪者と言葉を交わすと、僕の方に振り向いた。

「アルベール様。準備が整ったようです。参りましょう」

僕を呼びに来たのは学校の職員だった。

その職員に先導されてホールへと向かう。

ホールの入り口の前にノワールと立ち、扉が開かれると同時にライトが当たる。

眩しさに目が慣れると、ホールの中の人々がこちらに注目しているのが見えた。

「皆様、お待たせいたしました。本年度特待生として通われるアルベール王子です」

うわあ！

こんなに大々的に紹介されるなんて思ってもみなかったよ。

それならそうと、初めから言っといてくれればいいのに。

今更文句を言っても仕方がない。

僕は笑みを浮かべると、ホールの中を歩いて壇上へと向かった。

ノワールも悠然と僕の横を歩いている。

壇上へ上がると、下の新入生席の最前列にリシャールが座っているのが見えた。

僕をキラキラした目で見ている。

あそこに座っているってことは、新入生代表はリシャールだったに違いない。

そんなリシャールが誇らしくてニコっと笑いかけると、あちこちで息を呑《の》むような音とため息が聞こえた。なんでだろう？

「長年、療養のために王都を離れておられましたが、回復されて学校に通われることになりました。今年度より新設されたテイマー科の特待生として一年間通われます。それではアルベール王子、一言お願いします」

司会者に促されて、僕は貴賓席に座る父上に目をやった。

ニコニコ顔の父上に笑顔を向けると、一瞬顔を引きつらせていた。後で覚えてろ、という心の声が届いたに違いない。

「皆さん、はじめまして。アルベールです。こちらは僕の従魔のノワールです。一年という短い間ですが、よろしくお願いします」

挨拶が終わると父上に手招きされたので、ホールに鳴り響く拍手の中、壇を下りて父上の横に座る。

「いやあ、アルベール。かっこよかったよ。流石は私の息子だ」

父上がニコニコと僕に笑いかける。それはただの親の欲目だと思うんだけどね。

「いい加減、こんな不意打ちみたいなことやめてもらえませんか」

「だって、予め伝えていたら絶対に嫌だと言って逃げるだろう。それにアルベールは適応能力が高いから、不意打ちでも大丈夫だよ」

多分、適応能力が高いんじゃなくて父上の無茶振りに慣れてるってだけじゃないかな。

あれ？　どっちも一緒？

こうしてなんとか無事に入学式が終わった。

後でマルクに僕のスケジュールの確認をしておこう。


入学式の翌日から授業が始まった。

新設されたテイマー科だけれど、授業というより森での実習が主になる。

森とは言っても、学生のために魔獣の種類は管理されている。

僕はノワールと一緒に、授業が行われる森の入り口にやってきた。

続々と従魔を従えた学生が集まってくるが、その中にはジルの姿もあった。テイマー科を選択し直したらしい。

顔を合わせたものの、流石にここでは話をすることができない。

森に入って二人きりになるチャンスを待とう。

始業ベルが鳴る頃に先生がやってきた。

肩に乗せているのは……タカ？

いわゆる猛禽類っていうやつだね。

鷹匠《たかじょう》みたいで格好いいな。ちょっと憧れちゃうんだよね。

「皆さん、はじめまして。テイマー科の講師のパトリックです。従魔と言っても、それぞれ能力が異なりますので、各自従魔の能力を把握してください。この森にはあまり強い魔獣はいませんが、万が一の時には救援信号を上げてください」

パトリック先生はそう言って一人ずつに魔導具を手渡してくれた。

僕のところに来ると、パトリック先生はやけに親切に挨拶して、魔導具についても使い方をじっくり解説してくれた。僕が王子だからって、そんなに丁寧にしてくれなくてもいいんだけどな。

魔導具が配布され終わったので、いよいよ自由行動だ。誰かとチームを組むのもよし、一人で行動してもいいそうだ。

僕はまっすぐにジルのところに向かった。

「はじめまして。君の従魔もパンサーなんだね。一緒に行動してもいいかな」

僕が声をかけるとジルはニコリと笑った。

「はじめまして、アルベール王子。私でよろしければお願いします」

お互い初対面のふりをして挨拶を交わすと、一緒に森の中へと入っていった。

ノワールとレオも余計なことは言わずに付いてくる。

しばらく歩いて辺りに人の気配がなくなった頃、僕は堪えきれずに笑いだした。

「ちょっと、兄さん！　何笑ってるんだよ」

ジルが不満そうな声をあげる。

「ごめんごめん。あんなに畏まったジルを見たことなかったからおかしくって……」

去年、留学する際にジルとシモーヌには僕が王子であることを伝えていた。

もっともジル達も、僕には何か事情があると薄々感じていたらしい。

確かに下町と王宮の二重生活をしていたのだから、ワケアリだと思うのは当たり前だよね。

何かを感じていながらも、僕を兄と呼んでくれていたことにはただただ感謝しかない。

「……ありがとう、ジル」

ジルには聞こえない声でそっと呟く。

「ん？　兄さん、何か言った？」

「ああ、いや。シモーヌも入学式だったのに顔を見れなかったからさ。申し訳なかったなと思ってね」

シモーヌは学校に通う年になったけれど、あの子は平民側になるから、入学式は別々だった。

シモーヌも従魔のルイがいるが、入学したばかりなのでまだテイマー科の授業は受けられない。最近は兄離れがますます加速したらしく、ジルとも距離を置くようになったらしい。僕にだけではなくてちょっとほっとした。

ふとジルの顔を見て違和感を覚えた。

あれ？

以前と目線が違う。

「ジル、もしかして背が伸びた？」

僕よりも背が高いのは気のせいか？　きっと気のせいに違いない！

「確かに背が伸びたけど……もしかして兄さんよりも大きくなった？」

慌ててジルの前に立ち、頭のてっぺんに置いた手をスライドさせて背の高さを比べると、ほんの少しジルの方が高いようだ。

うわぁ、マジか。

実の兄弟でも弟が兄より背が高くなることはあるし、血が繋がっていないから余計に成長の仕方が違うのはわかっていた。それでも弟に追い越されるのはショックだ。

父さんが大きいからジルも大きくなるとは思っていたけれど、追い越されるのはもう何年後かの方がよかったな。

がっくりと落ち込んだが、ふと従魔二匹の姿が見えないことに気が付いた。

「あれ？　ノワール達はどこに行った？」

ジルと二人で辺りを見回すが二匹の姿は見当たらない。

「ノワール。どこに行ったんだ？」

大声で呼びかけると『こっちだよ～』と、のんびりとした返事が返ってきた。

ジルと声のした方へ歩いて行くと、木の陰の涼しい場所で二匹が寝転がっていた。

何か問題でも起こしているのかと思っていたけれど、そんなこともなくてちょっと拍子抜けした。

「何をやってるんだよ」

『だって、ひんやりして気持ちがいいんだもん』

レオも欠伸をしながら答える。

まあ、二匹共強いのはわかっているけれど、緊張感なさすぎだろう。

「まったく、お前達は。強い魔獣が出たらどうするんだよ」

ジルの言葉に僕は固まった。

ジルとレオが魔獣を呼べるのかどうかは検証していない。もし僕とノワールのような能力が備わっていたら……

まさか、今の一言で出たりしないよね？

ジルの言葉に最初に反応したのはノワールだった。

『あ～っ！　ジル、駄目だよ。強い魔獣って言っちゃいけないんだよ』

すると、レオが目を爛々《らんらん》と輝かせた。

『強い魔獣ってどこ？　僕がやっつけちゃうよ』

ノワールもレオも何を言ってるんだよ。

下手に指摘をすると魔獣を呼んでしまいそうで口にできない。

「ちょっと、皆。静かに……」

そう言いかけたところで、頭上でバチッという音が鳴った。

僕達が驚いて上を見上げると、上空に結界が浮かび上がっていて、それにワイバーンが弾かれていた。

ヤバい！

やっぱり来ちゃったよ。

ワイバーンは結界を破ろうと、何度も体当たりをしてくる。

その目は確実に僕達の姿を捉えている。いやいや、呼んでないし……

ひとまずここはお帰りいただこう。

「ワイバーンはもう帰っていいよ！」

僕が叫ぶと、ワイバーンの姿がフッと消えた。

よかった。結界を壊されずに済んでほっとした。

「えっ？　ワイバーンが消えた？　何がどうなってるんだ？」

ジルが驚きの声をあげる。どうやら父さんはジルにはなんの説明もしていなかったようだ。

後でちゃんと説明しておこう、と思っているとバタバタと人が集まってきた。

その先頭はもちろん、パトリック先生だ。

「皆さん、無事ですか？　怪我はありませんか？」

パトリック先生は僕達の無事を確かめて、ほっと安堵のため息をついた。

「それにしてもどうしてワイバーンが現れたのでしょうか？　お二人は何かご存じですか？」

ジルは首を横に振るが、僕は冷や汗がダラダラだ。どうしようかと思っていると、そんな僕の様子に気付いたパトリック先生が僕にニコリと微笑んだ。

「どうやらアルベール王子が理由をご存じのようですね。授業は一旦中断して、あちらの方でお話を聞きましょうか」

そう言ってパトリック先生は校舎の方を指差した。

他の生徒達も集められて校舎の方に戻っていく。せっかくの授業を中断させて申し訳なくって、皆の顔がまともに見られない。

ジルも何か話しかけたそうにしているが、周りに人がいるため黙って僕の隣を歩いている。

校舎に戻ると、ノワールとレオをどこか別の部屋に待機させてもらえるようにパトリック先生にお願いした。

パトリック先生は訝しげな顔をしながらも、空いている教室にノワールとレオを案内してくれた。

「ノワールとレオはここでしばらく待っていてくれよ。すぐに戻るからね」

『わかった〜。早くしてね』

『ねぇねぇ、お昼はまだ〜？』

ノワールとレオの言葉に苦笑しつつ扉を閉めると、すぐに二匹のじゃれ合う声が聞こえてきた。

まったく、大人しく待つってことができないのかな。

他の生徒達には教室で自習をしてもらうことにして、僕とジルとパトリック先生は談話室へと向かった。

僕とジルが並んで座ると、その向かい側にパトリック先生が腰掛けた。

「さて、アルベール王子。どうしてワイバーンが現れたのか教えていただけますか？」

パトリック先生の問い掛けに、ジルも真剣な目で僕を見てくる。

僕は意を決して口を開いた。

「実は、僕とノワールは一緒にいると魔獣を呼べるみたいなんです」

「……？」

「……はい？」

そりゃ、そんな反応になるよね。

僕自身、未だに信じられないからね。

「……ちょっと待ってください、アルベール王子。それってパンサーを従魔にしている僕もってことですか？」

ジルが質問を挟んでくるが、それは検証してみないとわからない。

父さんは何も起きなかったと言ったが、それはレオ達が魔獣を呼ばなかったからかもしれないのだ。

「ジル君の従魔が呼べるのかはわからないが、少なくとも僕とノワールが魔獣を呼ぶと現れるのは間違いないと思う」

そこでジルははっと思い出したように言った。

「あっ！　さっき僕が強い魔獣って言ったから、そのせいでしょうか？」

「……可能性はなくもないですね」

僕達の会話を聞いていたパトリック先生が頭を抱えた。

「アルベール王子と従魔については、王宮に問い合わせることにします。ジル君と従魔が魔獣を呼べるのかどうかの検証はした方がいいとは思いますが……流石に授業でできることではないですね」

パトリック先生はしばらく考えていたが、自分だけで判断はできないと思ったようだ。

「この件に関しては他の先生方の意見も聞きたいと思います。アルベール王子とジル君には申し訳ありませんが、しばらくテイマー科の授業の参加は見合わせてください」

こうして、僕とジルは一日目にして授業不参加の決定が言い渡された。


談話室でしばらく待っているようにと言い残すと、パトリック先生は談話室を出ていった。

ジルは人目がなくなったことを確認すると、畏まった態度を崩した。

「はぁ～……慣れないことは疲れるな」

ぐったりとテーブルに突っ伏したジルの頭をポンポンと叩きながら、ジルに質問した。

「父さんはジルに僕達が魔獣を呼べるって伝えなかったのか？」

同じテイマー科になるのはわかっていたことだし、父さんと検証したのだからジルに注意を促していると思っていたんだけど、何も言わなかったのかな？

「……ん～？」

ジルはしばらく考えていたが、はっと思い出したように顔を上げた。

「そういえば、家を出る時に何か僕に言いたそうにしていたんだよね。てっきりお小言かと思って知らん顔して出発しちゃったけど、あれがそうだったのかな？」

ジルの答えに僕はため息をついた。

まったく二人共何をやってるんだか……

今更言っても仕方がないけど、ここの伝達がきちんとできていたら、今日のようなことは起こらなかったかもしれない。

僕もぐったりとテーブルに突っ伏しそうになった時、扉がノックされた。

僕とジルは慌てて姿勢を正して「どうぞ」と返事をした。

扉を開けて入ってきたのは学校の職員の人だった。

「アルベール王子とジル君は、一旦従魔を連れて寮の自室にお戻りください」

それだけを告げると、職員は退室していった。

ノワール達を部屋に閉じ込めたままなので、迎えに行ってやらなくてはいけない。

せっかくジルと一緒にいられると思ったのに残念だ。

ジルもそう思ってくれているのだろう。あからさまにがっかりした顔をしている。

ノワール達を迎えに行き、僕達はそれぞれの自室へと戻った。

授業中の時間に戻って来た僕を見て、マルクが驚いた様子で尋ねてきた。

「アルベール王子。一体どうされたんですか？　……まさか、どこか具合でも……」

マルクが駆け寄って来て僕の額に手を当てて熱を測ったりしているが、大丈夫だと言って落ち着かせる。

「ちょっとしたトラブルで授業が中止になっただけさ。しばらく自習でもしているよ」

……とは言ったものの何をしようか。

することもないので、ノワールに小さくなってもらって猫じゃらしで遊んでやった。

ノワールに言わせると、僕を遊ばせてやったになるらしい。

そんな僕達を見てマルクは「どっちもどっちですね」とため息をついていたが……

昼食を済ませて午後からは何をしようかと考えていると、午前中に声をかけてきた職員が僕を呼びに来た。

「アルベール王子。一緒に来てもらえますか」

そう言って案内された先は校長室だった。

校長室に足を踏み入れると、そこには校長先生だけでなく父上もいた。

先に呼び出されたらしいジルが、僕の姿を見てほっとした顔になる。

「父上、お待たせいたしました」

そう言って隅に立っていたジルを促して、父上の向かいの席に並んで腰を下ろす。

僕達の前にお茶が用意されると、人払いがされて僕達三人だけになった。

父上はジロリと僕を睨むと、はぁ～と盛大なため息をついた。

「アルベール。私に報告しなければいけないことがあるんじゃないのか？」

報告？

何かあったっけ？

僕が首を傾げていると、父上は呆れたような声を出した。

「お前とノワールが魔獣を呼べるという報告を忘れているだろう。クレマンから連絡があって、慌ててジェロームに学校の森に結界を張らせたが、まさか初日から結界にヒビを入れられるとは思わなかったぞ」

魔術団長であるジェロームさんが張ってくれた結界も、先程のワイバーンの体当たりでヒビが入ったらしい。

なんとも申し訳ないことをしてしまったな。

「すみません。ついうっかりしてしまいました。でも父さんから報告があったのなら、僕が言わなくても問題なかったんじゃ……」

「何を言う！　お前に関することは人づてではなく、お前から直接聞きたいと思うじゃないか」

……

相変わらずめんどくさ……いや、僕を好きでいてくれる父上だな。

隣に座っているジルが、笑う訳にもいかないと無理矢理口元を引き締めている。

ほんとにこんな場面に付き合わせて申し訳ないね。

「それで、わざわざそんなことを言いにここまで来られたんですか？」

そう聞くと、父上はちょっと顔を引き締めた。

「クレマンが言うにはジル君とレオも、もしかしたら魔獣を呼べるかもしれないということだ。流石に学校の森で検証する訳にはいかないから、アルベールと一緒に騎士団の訓練に参加させたい。ジル君も、それでいいかな？」

僕と父上の視線を受けて、ジルは嬉しそうな顔をした。

「騎士団とですか？　ぜひお願いします」

こうして僕とジルは騎士団の訓練に参加することになった。

何かまた、波乱の予感がするんだけど……

僕のスローライフはどこに行ったんだろう？

第九章　二匹目の従魔

数日後、僕とジルは騎士団の訓練に合流するために学校から王宮へと向かった。

もちろん、乗る馬車は別々になる。

僕としては一緒に乗っても構わないのだけれど、身分が違う以上は仕方のないことだ。

僕が王宮の騎士団の宿舎に到着すると、既に騎士達が整列して待っていた。先に到着したジルもレオと一緒に待っている。

僕とノワールの前に、一人の男性が出てくると、皆が一斉に跪《ひざまず》いた。

「おはようございます、アルベール王子。本日お供をさせていただきます、副団長のアンリと申します。よろしくお願いいたします」

副団長のアンリさんも団長に負けず劣らず、屈強そうな人物だった。見るからにムキムキの筋肉をしている。

「こちらこそよろしく。父上から詳細は聞いているのかな?」

僕とノワールが魔獣を呼べるということと、ジルとレオも魔獣を呼べるのか検証してみたいという話は伝わっていると思うんだけどね。

「はい、伺っております。本日はこちらにいるジル君とレオが魔獣を呼べるかどうかの検証を主に行いたいと思います」

僕とノワールが魔獣を呼べることはわかっているので、ジルとレオについての検証が中心だね。

「よろしく頼むよ。早速出発しようか」

僕が言うと騎士達が立ち上がり、隊列を組んだ。僕とジルを中心に、前後左右を騎士達が取り囲む形になる。

僕はもちろんのことだけど、ジルは未成年なので一応守られる立場になるそうだ。

騎士団の宿舎を出発して森の奥へと向かう。

物々しい騎士団に小さな魔獣は向かって来ることなく逃げていく。

僕が小さい頃突進してきたホーンラビットが、回れ右をして逃げていくのにはちょっと笑ってしまった。

流石にこの辺りには騎士団に向かって来るような強い魔獣はいないようだ。

やがて少し開けた場所に出た。

「この辺りなら木に邪魔されることもなく戦えるだろう。ジル君とレオ、それぞれ魔獣を呼べるかどうか試してみてくれ」

副団長に言われてジルとレオが広場の真ん中に立った。

まずはレオが魔獣を呼んでみるようだ。

『強い魔獣と戦いたい』

レオの言葉が広場に響き渡った。

皆が警戒して身構えているが、特に何も変化はない。

『……あれぇ、僕じゃ駄目なのかな？』

レオがしょんぼりと項垂れるが、騎士の中にはちょっとほっとした表情を浮かべる者もいた。

ジルがレオを慰めるように頭を撫でる。

副団長に促されて、今度はジルが「強い魔獣と戦いたい」と言った。

だけど、やはりレオの時と同じように何も起きなかった。

それはレオとジルが同時に願いを口にしても同じだった。

「どうやら魔獣を呼べるのは、アルベール王子とノワール殿だけのようですね」

副団長も少しほっとしたような口調で僕に確認を求めた。

「どうやらそうみたいだね。副団長も騎士団の皆も、わざわざ付き合わせてしまって申し訳ない」

僕の謝罪に副団長は「とんでもございません」と首を振った。

ジルにも言葉をかけたかったけれど、流石にこの場では口に出せない。

ジルもそれをわかっているからか、僕と目が合うとニッコリと笑ってくれたので、頷き返しておいた。

せっかく森に入ったので、もう少し奥に行って魔獣を狩ろうと移動を始めた矢先。

太陽の光を何かが遮《さえぎ》った。

皆が驚いて顔を上げると、頭上に大きなドラゴンがいた。

咄嗟にノワールに目をやると、フルフルと首を横に振る。

『僕は呼んでないよ』

逆に『アルが呼んだんじゃないの？』と言われて慌てて否定する。

遥か頭上にいるため、こちらの攻撃は届かない。魔術団がいれば魔法攻撃ができたかもしれないが、生憎《あいにく》今日は一緒ではない。

このまま何事もなく通り過ぎてくれればいい、と誰もが思っていただろうが、現実はそう甘くはなかった。

バサッバサッと翼をはためかせて、ドラゴンがこちらへと向かってくる。

副団長と騎士達が、僕を守るように周りを固めて身構える。

やがて、数メートル先に舞い降りたドラゴンが僕を見据えた。

『やっと見つけたぞ。私と一緒に来てもらおうか』

なんだ？
僕を捜してたってことか？
騎士の一人がドラゴンに斬りかかっていく。
しかし、ドラゴンに一睨みされた途端、その騎士の体が凍ったように硬直した。
「おい！　大丈夫か？」
副団長がその騎士に駆け寄ったが、同じようにまったく動けなくなってしまう。
『面倒だな。大人しくしてもらおうか』
ドラゴンがそう言って僕達全員を見回すと、僕を含め皆が動けなくなった。
これって金縛りみたいなやつかな。
動けなくなった僕の首の後ろを、ドラゴンが咥えて持ち上げる。
あれっと思った時には既に皆の頭上高くに浮き上がっていた。
ドラゴンが目前から消えたことで、皆は動けるようになったようだ。
ノワールの鳴き声が聞こえる。
僕は体が硬直したまま、ドラゴンにどこかへ運ばれていく。
もしかして、ドラゴンに攫われた？

ドラゴンに運ばれてしばらく経った。

今頃王宮は大騒ぎだろう。

白昼堂々と僕がドラゴンに攫われてしまったのだから。

またしても父上と母上に心配をかけてしまうのが心苦しい。

僕って攫われやすい体質（？）なのかな。

下の景色は見えるけれど、どこを飛んでいるのかはまるでわからない。

目だけは動かせるけど、首を動かせないのだ。

まるでU〇Jのアトラクションみたいだな。

……行ったことないけど……

もっともあっちは安全バーを持っていられるから、今の僕よりは怖くはないと思うけどね。

ドラゴンに咥えられているだけだから、いつ落とされるかと思うと恐怖は半端じゃない。

まだ体が硬直しててジタバタ動けないから、落とされる心配はないのかもしれないけど。

それにしても『やっと見つけたぞ』ってどういう意味かな。

ドラゴンに知り合いなんて……いたな。

先日、父さんと森に行った時に呼び出してしまった小さなドラゴンがいたっけ。

もしかしてあのドラゴンの親だったりして。

無断で呼び出した仕返しに、僕を連れ帰ってあの小さなドラゴンの攻撃の練習台にされるとか？なんてこった！

もし僕の想像通りなら、下に降ろされた時に土下座でもして精一杯謝るしかないかな。

下に降ろされても硬直を解いてもらえなかったらどうしよう。

そもそも声すら出せないかも。

そんなことを考えていると、前方に高くそびえる山が見えた。

まさか、あの山の上にドラゴンの住処があるのか？

案の定、山が近付くにつれ、あちこちにドラゴンの姿が見えるようになってきた。

ドラゴンはやがて山の一番上にあるねぐららしき場所へと降りていった。

地面に足がつくと同時に硬直が解けてきたので、なんとか倒れないように踏ん張った。

ドラゴンは僕から口を放すと、申し訳なさそうに言った。

『いきなり連れてきて悪かったな。私の息子がどうしてもお前に会いたいと言うので、捜していたんだよ』

そう言って顔でクイッと指し示した。

そちらに目をやると、そこにはやはり先日僕が呼び出した小さなドラゴンがいた。

『パパ、お帰り。やっと連れてきてくれたんだね』

小さなドラゴンはちょこちょこと僕の側まで駆けてきて、真っ黒な目をキラキラさせて僕を見上げた。

か、可愛い！

体全体は真っ黒な鱗に覆われてちょっと硬そうだけど、ちっちゃくて可愛いのだ。

小さいとは言ってもそこはやはりドラゴンだから、尻尾まで含めると体長は一メートルを超えているとは思うけどね。

ドラゴンの親子の様子から見ると、どうやら仕返しのために僕を捜していた訳じゃなさそうだ。

それにしても、召喚したのは子どものドラゴンなのに、どうして父親のドラゴンに僕の居場所がわかったんだろう？　それに顔だって知らないはずなのにな。

「どうして僕のことがわかったんですか？」

危害を加えられる心配がなさそうなので、僕は父親のドラゴンに尋ねてみた。

『私に連れてこられて怯えているかと思いきや、随分と肝が据わっているな。流石は息子が気に入っただけのことはある』

ドラゴンはそう言って口を歪めた。どうやら笑っているつもりのようだ。

『少し前、目の前にいた息子が突然消えたと思ったら、また現れた時には驚いたぞ。何があったのかと尋ねたら、誰かに召喚されたみたいだと言った。それがどうやらお前だったようだな。しかし息子は、その召喚してくれた子が気に入ったからまた会いたいと言い出したんだ。そこで思念伝達の魔法でお前の顔と魔力の特徴を教えてもらって、あの森に行き着いた。だが、その時にはそこには誰もいなかった。そこで何度か通っているうちに、今日お前を見つけることができたんだ』

息子のためにわざわざ僕を探し出すなんて、このドラゴンも随分と親バカ……いや子煩悩なんだな。

父親のドラゴンの話に、僕はちょっと乾いた笑みを浮かべる。

だけど、どうして子どものドラゴンは僕に会いたがったんだろう？

その理由がわからなくて子どものドラゴンを見つめると、彼は意を決したように叫んだ。

『ボクと従魔契約を結んでください!!』

……マジですか？

子どものドラゴンに告白をされてしまった。

告白って言うのは語弊があるかな？

それにしてもノワールといい、この子どものドラゴンといい、どうして僕と従魔契約を結びたがるんだろう。

どうしよう……

とは言っても、期待に胸を膨らませて目をキラキラさせている子どものドラゴンの期待を裏切りたくはない。

ノワールが知ったら怒るかな、と思いつつも、子どものドラゴンと従魔契約を結ぶのをここで断ったら、僕の身が危ない気がする。父親ドラゴンからの視線が痛いよ。

「僕としては嬉しいけど、本当にいいのかい？」

子どものドラゴンに返事をしつつ、父親のドラゴンに目を向けるとゆっくりと頷いた。

『真名《まな》を教えることはできないが、お前が名前を付けて用がある時だけ呼び出すのは構わない。この子にも色んな世界を体験させたいからな』

〝真名〟って聞いたことがあるぞ。

確か、真名を知られると支配されたことになるんだっけ。

命令に逆らえなくなると聞いた覚えがある。

どうせ真名はわかりにくい名前を付けているだろうから、短い名前なら大丈夫だろう。

この真っ黒な子どものドラゴンの名前かぁ。

何がいいかな。

クロっていうのもなんか安直すぎるかな？

あ、そういえば……

すっかり存在を忘れていた脳内スマホで検索してみる。

黒の別の言い方は、っと。

「黎《レイ》」か。

これならいいかも。

「君の名前はレイでいいかな？」

僕が尋ねると、子どものドラゴン、いやレイは嬉しそうに僕を見上げた。

『ボクの名前はレイ！　お兄ちゃん、ありがとう……そういえばお兄ちゃんの名前は？』

「僕の名前はアルベール。アルでいいよ」

レイは嬉しそうに翼をバタバタさせるが、どうやらまだ飛べないみたいだ。

「レイはまだ飛べないんですか？」

父親のドラゴンに尋ねると『そうだ』と肯定した。

『まだ練習中なんだ。レイ、頑張って飛べるようにならないとアルに置いていかれるぞ』

父親のドラゴンに言われてしょんぼりしているレイの頭を、僕はそっと撫でてやった。

「焦って無理する必要はないよ。レイのペースで大きくなればいいんだからね」

レイの頭に触れた途端、ずわっと魔力が引き出された感覚がした。それと同時に、レイが一回り大きくなる。

あ、この感覚。ノワールの時もあったな。

レイはバサリと翼を動かし、少し浮き上がった。

『うわぁ、凄い！　浮いてる！』

レイがなおも翼を動かすと、また更に浮き上がる。

『凄いな。アルは相当魔力があるんだな。流石はレイが見込んだだけのことはある』

父親のドラゴンの言葉に苦笑しつつも、僕は重大なことを思い出した。

早く王宮に戻らなきゃ皆が心配している。

もしかしたら捜索隊を出してしまったかも……

僕は父親のドラゴンにお願いすることにした。

「あの、すみません。用が済んだみたいなので僕を帰してもらえますか？　皆が心配していると思うんですよね……」

それを聞いて父親のドラゴンはポンと手を打った。

……そんな仕草もできるのかよ。

『そうだったな。では先程の森まで送り届けよう。背中に乗りなさい』

それを聞いて僕はほっとした。

来た時と同じような運び方をされなくてよかったよ。

「それじゃ、ちょっと失礼します」

体勢を低くしてくれた父親のドラゴンの背中によじ登る。

鞍が付いている訳ではないので、掴まるところがない。

……落ちたりしないよね。

僕が心配していると、ドラゴンがこう言った。

『心配しなくても落下防止の魔法をかけるさ……準備はいいか？』

僕が返事をすると、ドラゴンはバサリと翼をはためかせた。

フワリ、とドラゴンが浮き上がる。

「それじゃ、レイ、またね」

『アル。次はボクを呼んでね。待ってるよ』

レイに手を振ると、ドラゴンは更に上昇して先程の森へと向かった。

行きはどうなることかと思ったけど、帰りは気分爽快だね。空を飛んでるのが気持ちいい。

レイが大きくなったらこうやって空を飛べるのかな？　楽しみだな。

やがて先程の森が見えてきた。

……さっきより人が増えている？

どうやら魔術団まで呼び出されたようだ。

ドラゴンが下に降り立った途端、攻撃されないよね？　僕が背中に乗っていることがわかるよね？

何人かがドラゴンに気付いたらしく、こちらを指差している。

ヤバい！　弓矢を構えている人がいる。

僕がいることをアピールするために「おーい」と声をあげて大きく手を振ると、弓矢を構える手が下ろされた。

危なかった～！

皆がドラゴンが降り立つ場所を空けてくれた。

そこにドラゴンが着地すると、僕もドラゴンの背中から下りる。

「……えっと、ただいま……」

申し訳ない気持ちで言う僕に、ノワールが飛びついてきた。

「ちょ、ノワール！」

でかいノワールを受け止めきれるはずもなく、僕はノワールに押し倒される。

傍から見ると襲われてるみたいだよね。

『アル～！　心配したよ～！』

そんなノワールを見たドラゴンがポツリと呟いた。

『お前、もしかしてあいつの息子か？』

あれ？

もしかしてノワール達の親を知ってる？

僕に覆い被さっているノワールをどかすと、ジェロームさんが手を差し伸べてくれた。

「お帰りなさいませ、アルベール王子。ご無事でしたか。今から捜索隊を向かわせようとしていたのですが……」

ジェロームさんに助け起こされて僕は立ち上がった。

捜索隊って、やっぱり王宮では大騒ぎになっているんだろうな。

「すみません、ジェロームさん。父上達も心配しているんでしょうね」

僕が尋ねると、ジェロームさんはちょっと遠い目をした。この様子を見ると、相当ジェロームさんに無茶な要求をしたみたいだな。

「……そうですね。騎士団がいながらみすみす王子を攫われたのですから、仕方がない話ですけどね」

これは王宮に戻ったらすぐに父上をとりなさないと、騎士団の皆が処分されてしまうかも……

騎士団の方に目をやると、ジルとレオがほっとしたような顔でこちらを見ていた。

人目があるのでおおっぴらに言葉を交わせないのがもどかしい。

父上と話をするためにすぐにでも王宮に戻りたかったが、先程のドラゴンの言葉は聞き捨てならない。

「あなたはノワール達の親をご存じなのですか?」

僕の問い掛けに、ドラゴンは首を傾げた。

『ノワール達? そこにいる黒いパンサーだけじゃないのか?』

僕はレオを手招きしてノワールの横に立たせた。

「こちらのレオと、別にもう一匹います。ノワール達は三つ子だったんです」

ドラゴンはノワールとレオを見つめると目を細めた。

『確かにあいつの番《つがい》の子どもだな……俺はお前達の父親の知り合いだ。あいつの番が子どもを宿したまま、行方不明だとは聞いていたが、まさかこんなところで出会うとはな。その様子から察するに、番はもういないんだろう?』

ノワール達の母親は、あの日ノワール達を守るために戦って死んだのだ。そのことをノワール達の父親に伝えないといけないだろう。

『ドラゴンのおじさん。僕、お父さんに会いたい!』

『僕も!』

ノワールとレオが口々にドラゴンにお願いをする。

『連れて行ってもいいが、二匹も私の背中に乗れるのか?』

ドラゴンの言葉に二匹はシュルシュルと小さくなっていく。ちょっと小さくなりすぎじゃないか？　猫くらいの大きさになったぞ。

『アルも一緒に行こうよ。僕、お父さんにアルを紹介したいんだ』

なんか恋人の家に挨拶に行く、みたいな感じになってないか？

「僕が行っても大丈夫ですか？」

ドラゴンに尋ねると『問題ない』と返事が返ってきた。

僕がジェロームさんに向き合うと、彼は仕方がなさそうにため息をついた。

「陛下には私から報告させていただきます。なるべく早くお戻りくださいますようにお願いします」

ジェロームさんに面倒事を押し付けて申し訳ないけれど、ここはお願いしよう。

今父上と顔を合わせだら、絶対に放してくれなくなりそうだからね。

「すみません、ジェロームさん。後はよろしくお願いします」

僕はジルの方を向くと、ジルは心得たと言うように頷いた。

「ジル君。すまないがしばらくレオを借りるよ」

ジルは手を胸に当てて頭を下げる。

「問題ありません。レオをよろしくお願いします」

僕は頷くと、ノワールとレオを抱き上げてドラゴンの側に寄った。

「ドラゴンさん。僕達をノワールのお父さんのところまで連れていってもらえますか？」

ドラゴンは体を低くして僕が背中に乗りやすいようにしてくれた。

『よかろう。背中に乗りなさい』

僕達が背中に乗ると、ドラゴンがバサリと翼をはためかせた。

風圧から逃れるように、騎士団と魔術団の人々がドラゴンから距離を取る。

「行ってきます」

皆に声をかけた途端、ドラゴンの体は一気に上昇した。

あっという間に皆の姿が豆粒のようになり、視界から消えていく。

『すっご〜い！　僕達空を飛んでるよ！』

『見て見て！　あんなにちっちゃくなってる』

ノワールもレオも相変わらずのはしゃぎっぷりだ。ルイがいたらもっと大変なことになっていそうだ。

『……やれやれ。いくら寿命が長いと言ってもちょっと子どもっぽすぎるな』

ドラゴンの言葉に僕達はシン、となる。

寿命が長いって、ノワール達は普通のパンサーじゃないのか？

僕達の疑問をよそに、ドラゴンは下降を始めた。

先程のドラゴンのねぐらよりは王宮に近い森だ。

森の中の空き地に降り立つと、僕達を降ろしてくれる。

『おい、いるか？　お客を連れて来たぞ！』

ドラゴンの呼びかけに、森の奥からのそりと黒いパンサーが現れる。

……でかっ！

この世界のパンサーの大きさの基準ってどのくらいなんだろう？

ノワール達も前世に動物園で見たパンサーに比べるとかなり大きいと思っていたが、今目の前に現れた魔獣も同じくらい……いや、ノワールより少し大きいくらいだ。

『……お客？　なんだ、人間じゃないか。お前が一緒だということは、害のない人間ということか』

黒いパンサーはゆっくりと歩み寄って来るが、なんだか様子が変だ。足を少し引きずっているようだし、目が片方閉じられたままなのだ。

片目しか見えていない？

黒いパンサーは僕が抱いているノワールとレオに気付いたようだ。僕に近付くのをやめて、片方の目でじっと二匹を見据える。

『……お前達は……まさか、生きていたのか？』

その言葉には、驚きと喜びが混じっている。

僕はそっと二匹を下に降ろした。

ノワールとレオが元の大きさに戻る。

『お前達も従魔契約をしたのか……ところで母親はどうした？』

ノワール達が言い淀んでいるので、僕から話すことにした。

「この黒い子はノワール、あっちの子はレオといいます。僕が名付けました。ノワール達のお母さんはグリズリーからノワール達を守るために戦って亡くなりました。今日は連れてきていないけど、ルイという子もいます。ノワール達は三つ子です」

黒いパンサーはノワールとレオに顔を近付けて頬擦りをする。

『そうか。あれきり戻って来ないからもしやと思っていたが……子ども達のことも諦めていたが、無事に産まれて生きていたとは思わなかった。君が助けてくれたんだろう？　ありがとう』

僕が返事をしようとした時、突然ノワールが唸り声をあげて、パッと飛び上がった。

空中でノワールと別の黒いパンサーがぶつかり合い、交錯して着地する。

なんだ？　僕が狙われてたのか？

『ギイ！　やめろ！　お前の弟だぞ！』

片目のパンサーにギイと呼ばれた黒いパンサーは、威嚇を少し緩めると警戒しながらもノワールに近付いた。

『僕の弟？　……ホントだ。母さんの匂いがする』

この魔獣がノワール達のお兄さん？

だけど大きさが全然違う。

普通のパンサーよりも小さくて、ノワール達の方が大きい。ノワール達の弟と言われた方がしっくりくるんだけど。

『ギイが小さいのでびっくりしているんだろう。人間と契約をすれば魔力をもらえるから、体は成長する。ギイは契約していないから、成長が遅いんだ』

ギイはノワールとレオに鼻を擦り寄せている。

契約していないとこうも大きさに差が出るとは思わなかったな。

『あの時、母さんのお腹にいた赤ちゃんだよね。ちゃんと産まれたんだ。母さんは一緒じゃないの？』

誰も言葉を発しないことで、ギイは母親がもういないことを悟ったようだ。

『……そっか……あの時僕がちゃんと戦えたら、母さんは自分を囮にして僕を逃さなくてもよかったのにね』

つまりギイと母親が襲われて、ギイを守るために母親が敵を引き付けたってことか。

自分だってお腹の中に子どもがいるのに、それでもなお子どもを庇おうとしたんだな。

だけどギイ達が襲われていた時、父親はどうしていたんだろう？

『あの日、他の仲間から人間がこの森に入ってきたと聞き、そちらへ出向いたんだ。だが、別の人間達がギイ達を襲っていた。私が人間を片付けて戻ってきた時には、既にギイしか残っていなかった。すぐに捜しに行きたかったが、私はその時の怪我で片目を失い動けなかった』

人間に襲われたのか。だからさっきギイは僕を攻撃しようとしたんだ。

『こいつはサラッと言っているが、あの時は瀕死の重症だったんだ。他のドラゴンからの報告で様子を見に来てみれば、今にも死にそうな状態だった。こうして歩けるようになったのは奇跡だよ』

ドラゴンに言われて納得した。

そんな状況じゃ仕方がないよね。悪いのは彼らを襲った人間だ。

「人間はどうして君達を襲ったの？」

僕が尋ねると、ドラゴンが答えてくれた。

『それは、こいつがお前の先祖に仕えていた従魔だからだよ』

「えっ？」

ノワール達のお父さんが僕のご先祖様の従魔？

そんな話は聞いたことがないけど……

そんなことを考えていると、ノワール達のお父さんが続きを話し始めた。

『随分昔の話になる。流石に伝承には残っていると思うが……とはいえ、余程王国の歴史に興味があるか、魔獣の密猟者でもなければ、何代も前の王族の従魔の存在についてなど知らないはずだ』

えっ？

ノワール達のお父さんって何年生きてるの？

「それっていつ頃の話ですか？」

『二百年程前だ』

……マジか！

つまりノワール達はまだまだ子どもってこと？

道理でガキっぽいはずだよね。

「ノワール達は何歳で大人になるんですか？」

『個体にもよるが、大体三十五から四十歳くらいだろう』

つまりあと二十五年はこんな調子ってことか。

じゃれつかれるのはいいけど、体格差を考えてほしいよね。

僕は横目でじゃれ合う三匹を見つめた。

ノワールとレオは、いつの間にかギイと同じ大きさになって遊び回っている。これでルイも加わったら大騒ぎだな。

僕だけでなく、ドラゴンもちょっと呆れたような目で三匹を見つめている。

流石にお父さんだけはこの光景を感慨深げに見ている。

あの時、ノワール達のお母さんを助けられなかったのが悔やまれる。

どうして僕はこんなに無力なんだろう。

そう思った時、突然目の前が眩く光った。

一体何事だ？

一瞬疑問を抱いたけれど、眩い光を見て、僕は以前聖魔法を使った時のことを思い出した。

でも、今は浄化するものは何もないはずなんだけどな。

光はやがてキラキラとした粒になり、徐々にパンサーの形を作っていく。

あれは、もしかしてノワール達のお母さんかな？

ふざけ合っていたノワール達も、動きを止めて光の粒を見つめていた。

『……母さん？』

ギイの問い掛けに、光の粒のパンサーが頷き返す。

『ギイ。大きくなったわね。あの時はごめんなさい。人間を振り切ったら戻るつもりだったのに戻れなくなってしまったの』

ノワール達のお母さんは執拗《しつよう》に人間に追いかけられて、思っていた以上にギイから離れてしまったそうだ。

ようやく諦めて人間が去っていった後、帰ろうとしたところで産気づいて、ノワール達三匹を産み落としたらしい。

産まれたのが一匹だけならすぐにでも戻ることができたが、三匹となるとそうはいかなかった。子ども達が少し成長してから戻ろうと思っていたが、その矢先にグリズリーに襲われたそうだ。

それが僕とノワール達の出会いだね。

『そこにいる人間の子に助けてもらわなかったら、ノワール達も死んでいたかもしれないわ。改めてお礼を言わせてね。ありがとう』

ノワールとレオが僕に近寄ってきて、僕の手をペロペロと舐める。

『僕も覚えてるよ。アルとアルの父さんがグリズリーをやっつけてくれたこと』

ノワールはそう言うけど、僕自身はあまり活躍した覚えはないんだけどな。でも、ここで否定するのはやめておこう。

『そうか。だからここへ戻って来られなかったのか。だが、子ども達が無事に産まれていてよかった。お前共々、捕まったか殺されたかと思っていたからな』

ノワール達のお父さんはお母さんに近寄って前足で触ろうとした。

だが、その前足は空を切るだけだった。

『エイミー。もうお前に触れることはできないんだな』

その言葉に、ギイも駆け寄ってお母さんに触れようとするが、やはり結果は同じだった。

『いいのよ。こうして皆の顔を見られただけでも十分よ。アル、私を呼んでくれてありがとう。これで本当に思い残すことはないわ』

ノワール達のお母さんはそう言うと、お父さんに向かって歩いていった。

彼女を形作る光の粒が、ノワール達のお父さんに吸い込まれるようにして消えていく。

お父さんはしばらくキラキラとした光に包まれていたが、やがてそれも少しずつ　少しずつ消えていった。

『……お父さん！　目が！』

ギイの叫び声にノワール達のお父さんを見ると、潰れていた片目が綺麗に治っていた。

『目が、見える！』

そう言って踏み出した足も、引きずることなく普通に歩けていた。

『足も治ってる！』

これにはノワール達も大喜びだった。

三匹が代わる代わるお父さんにじゃれ始めたのだ。しまいには、四匹でもつれ合うように戯《たわむ》れていた。

『やれやれ。誰が子どもだかわからないな』

呆れたようなドラゴンの言葉に僕も同意した。

そうは言ってもその声には嬉しさが混じっている。

『だけど流石にそろそろ止めた方がいいぞ。お前も帰らないといけないんだろう？』

ドラゴンに言われて、はたと思い出した。

そうだ。父上に早く戻るって言って来たんだっけ。

だけどどうやってあいつらを止めたらいいんだ？

あのデカい四匹の間に入る訳にはいかないよね。潰されちゃうよ。

『任せておけ』

そう言って、ドラゴンは四匹に向かって水を吐き出した。

『うわっ！』

『冷たい！』

『僕、濡れるのヤダ！』

『僕も！』

やれやれ。ようやく収まった。

だが、僕はどうしてもノワール達のお父さんに聞いておきたいことがあった。

「ちょっと聞きたいことがあるんですが、従魔だった時って強い魔獣を呼べたりしましたか？」

『強い魔獣？　ああ、呼べていたな。理屈はわからないが、王と契約した時から私と王には召喚能力が備わった。どちらがより強い魔獣を呼べるか競い合ったこともあったな』

ノワール達のお父さんはサラッと言ってるけれど、それに付き合わされた当時の騎士団と魔術師団は苦労しただろうね。

すっかり長居をしてしまったが、いい加減に戻らないといけないな。

「すみません。今日はもう帰ります。また今度ゆっくり来ますね」

『ああ、次はルイも連れて来てくれよ』

こうして僕はまたドラゴンの背中に乗って王宮へと戻ることにした。

後でルイに聞いたところ、ノワール達のお母さんが現れた頃、ルイも夢の中でお母さんに会っていたらしい。

あの時、ノワール達のお母さんは僕が呼んだと言っていたけれど、本当にそうなんだろうか？

それにノワール達のお父さんの傷も治ったし、よくわからないことだらけだったな。

まさかあれも僕の力ってことはないよね。

第十章　攫われたノワール

僕はノワールとレオを連れてドラゴンの背中に乗り、出発した。

と言っても、直接王宮に行く訳にはいかないので、まずは先程の場所まで戻ることにした。

ドラゴンの背中から地上を見下ろしていると、こちらに向かって手を振る人物がいるのに気が付いた。

あっ、ジルだ。

一人で残って僕達の帰りを待っていたのかも。

これで気兼ねなくジルと話をしながら王宮に戻れると思っていると、どこからともなく騎士達がジルの周りに集まってきた。

もしかしてジルを見張りに立てて、他の騎士達は訓練をしてたのかな。

考えてみれば、僕の護衛のためについてきていたんだから、僕を置いて帰るなんてことはできないか。

それが彼らの仕事なんだから仕方がないとは言え、ノワールがいるから十分だと思うんだけどね。

一応、護られる立場ではあるので、ここは大人しく護衛されることにしよう。

騎士達が遠巻きに見守る中、ドラゴンが地上に降り立つ。

ドラゴンの背中からノワール達を下に降ろすと、すぐに元の大きさに戻って大きく伸びをした。

レオがジルに向かって走り出して思いっきり飛びついた。さっきの僕みたいに地面に倒されるかと思いきや、ちゃんとレオの体を受け止めて顔を舐められている。

僕だと踏ん張りがきかないのにジルは大丈夫なのか？

やっぱり体格の違いだろうか？

それともノワールとレオの力の違いだろうか？

なんとなく釈然としない僕に、ドラゴンが話しかけてきた。

『それでは、私はこれで帰るぞ。レイをよろしくな』

「はい。こちらこそよろしくお願いします。今日はありがとうございました」

ドラゴンが翼を羽ばたかせ始めたので、僕は後ろに下がって距離を空けた。

ドラゴンは上昇すると、自分の巣の方に帰っていく。

「アルベール王子。陛下がお待ちですので王宮にお戻りください」

副団長のアンリさんに声をかけられた。

本当はジルにノワール達の父親のことを話したかったんだけど、今日は仕方がない。

それに、レオからも報告するだろう。

ジルに視線を移すと心得ている、と言うように頷いてくれた。

僕はちょっと笑みを返すと、騎士達に先導されて森を出た。

王宮に戻ると、父上は執務室で待っていると言う。どうやら仕事からは逃れられなかったようだ。

執務室に行くと、宰相が見張り役として父上に張り付いていた。

「父上。ただいま戻りました。ご心配をおかけして申し訳ありません」

父上は書類から顔を上げて立ち上がろうとしたが、宰相がその体を手で押し留めた。

ジト目で宰相を一瞥《いちべつ》した父上は、また書類へと視線を落とす。

「本当に心配したぞ。私も捜索に加わろうとしたが宰相が放してくれなくてな」

それを聞いて宰相は苦い顔をした。

「アルベール王子が心配なのは十分承知しておりますし、私も心配しておりました。しかし、一度ご無事だとわかったのに暴れ続けることはおやめください。それに、今はご覧の通り王子も成長されていらっしゃる。ご自分で対処されるはずです。陛下のお手を煩《わずら》わせることはないと思われます」

おおっ、流石は宰相。いい加減子離れしろって暗に言っているんだな。

それに対して父上は何かブツブツ言っていたが、それでも書類を捌く手を止めなかった。

僕は父上の仕事が片付くまで、ソファーに腰掛けてお茶を楽しむことにした。

程なくして父上が書類を仕上げると、宰相は満足して執務室を出ていった。

「それでは陛下。一時間後に参ります」という言葉を残して……

父上はげんなりしながらも、僕の横に座ると抱きついてきた。

「アルベール〜。無事でよかった〜。攫われたと聞いて、つい昔のことを思い出してしまったんだ。本当によかった……」

そんな風に言われたらもう何も言い返せなかった。

「……すみません、父上」

心配させてしまった事は悪いとは思うが、それとこれとは話が別だ。

僕は意を決して、父上に直談判をすることにした。

「父上。僕はもう学校に通わなくてもいいですよね」

僕とノワールがちょっと考えただけでドラゴンまで呼べるとわかった以上、テイマー科で学ぶのはリスクが高い。シャルロットやリシャールと一緒に学校へ行ってあげられないのは残念だが、少なくともこの力の制御を学ばない限り、戻ることは難しいだろう。

父上もそう言われることは想定していたのだろう。「わかった」と頷いてくれた。

これで一件落着……あれ？

何かまだ報告することがなかったっけ？

思い出せないまま父上と話を続けていると、きっちり一時間で宰相が山のような書類と共に戻ってきた。

父上のすがるような視線を笑顔で退けると、僕はそそくさと部屋を後にした。

手伝ってあげたいのはやまやまだけど、流石に僕の手にあまるよ。

次の日、学校へと戻る馬車の中、ノワールが僕の目をジッと見つめていた。

「……何？」

ノワールが何を言いたいのかわかっていながら、僕はあえてわからないふりをして聞いてみる。

だけど、ノワールは何も言わずに僕の目をジッと見つめたままだ。

………

沈黙に堪えきれなくなった僕は、座席から床に下りると、ノワールに向かって土下座した。

「ごめん、ノワール」

しばらく床に頭をこすりつけていたが、相変わらずノワールは声を発しない。

おそるおそる顔を上げて、座席に座るノワールを見ると、目をウルウルとさせている。

『……ったのに……』

ノワールの声が小さくて、ちゃんと聞き取れない。

「え？」

『ドラゴンと従魔契約しちゃ嫌だって言ったのに……アルのバカ！』

ノワールはそう叫ぶと、ガバッと座席に伏せて、小さな子どもみたいに泣き出した。

従魔であるノワールには、僕がドラゴンと従魔契約をしたことがわかったようだ。

あの時は断ったら命が危うかったとはいえ、可哀想なことをしてしまったな。

ノワールの体がシュルシュルと小さくなっていく。

僕は泣きじゃくるノワールを抱き上げて、ギュッと抱きしめた。

「ノワール、ごめんね。勝手にドラゴンと従魔契約しちゃったことは謝るよ。だけどあの子はノワールみたいにずっと一緒にいるわけじゃないんだ。だから僕の一番はノワールだよ」

そう告げると、ノワールはグスングスンと鼻を鳴らしながら僕にすり寄ってきた。

そのまま僕の服で鼻水を拭いている。

あ、この野郎。

どさくさに紛れてそんなことをするんだな。

仕方ない。

このくらいは甘んじて受け止めよう。

僕はノワールを抱きしめると、学校までずっと体を撫でてやった。

やがて馬車は学校へと到着するが、ノワールは僕の腕の中でスヤスヤと熟睡中だ。

僕はそのままノワールを抱いて、職員室へと向かった。

しかし、テイマー科のパトリック先生は不在のようだ。

確かにまだ授業中の時間だね。

僕は他の先生に伝言を頼むと、ノワールを連れて学生寮へと戻ることにした。

ノワールを抱っこしたまま寮の自分の部屋に戻ると、マルクが怪訝な顔をした。

「アルベール様？　授業はどうされたのですか？」

オロオロとして僕を迎えるマルクに事情を説明して、僕はノワールをベッドの上に降ろした。

ノワールは少し身じろぎをしたけれど、起きることなくそのまま眠っている。

マルクにお茶を淹れてもらい、ようやくゆっくりお茶を飲んでいると、やがて部屋の扉がノックされ、パトリック先生が部屋に入ってきた。

僕は慌てて立ち上がり、パトリック先生を迎え入れる。

「先生。わざわざご足労いただき申し訳ありません」

パトリック先生は僕の謝罪に「とんでもない」と首を横に振る。

「こちらこそ、寮の部屋まで押しかけてしまい申し訳ありません。それでお話とは、検証結果について、でしょうか？」

僕は先生に向かいの席を勧めると、マルクにお茶を淹れてもらった。

マルクが退室し、パトリック先生がお茶を口にして一息ついたところで、僕は父上と話し合って決めたことを告げた。

「僕とノワールだけが魔獣を呼べるとわかった以上、他の学生達と一緒に授業はできないと思うんですよね。なので、僕はこのまま学校を辞めようと思っています」

僕の話はパトリック先生も想定していたものだったらしく、特に反対されることもなかった。

「そうですか……多分そうなるだろうと思っていましたが、やはりちょっと残念ですね」

そう言って先生はベッドの上のノワールに目をやった。

先生は奇妙な程無表情だ。

「パンサーの従魔と一緒に授業ができるのを楽しみにしていたのですが。まだレオ君がいるのでよしとして、ブラックパンサーと授業ができなくなるのは……」

そう告げる先生の目に、何か狂気めいたものを感じて僕は身構える。

だが、それよりも早く、パトリック先生はベッドの上のノワールを抱き上げた。

「フフフフ！　やっと念願のブラックパンサーを手に入れた。王族に仕えた魔獣、その子孫……これで私のものだ！」

パトリック先生⁉

まさか⁉

僕はノワールを抱き上げているパトリック先生を刺激しないように、慎重に話しかけた。

「先生。もしかして以前、ブラックパンサーを探しに行ったことがおありですか？」

パトリック先生は愛おしげにノワールに頬擦りをすると、僕に向き直った。

「ブラックパンサーを探しに？　ええ、行きましたよ。よく知っていますね……まさかこのノワールは、あのブラックパンサーの子どもですか？」

パトリック先生の質問に、僕はどう答えていいのかわからなかった。

パトリック先生は僕の返事がないことを、肯定の意味だと受け取ったようだ。

「なるほど。そういえばあの時、確かにお腹の大きなメスのパンサーがいましたね。私はそのメスよりも小さな子どものパンサーが欲しかったのですが、他の者達がメスを追いかけ出したので仕方なく一緒に追いかけていったのです。結局振り切られてしまいましたがね。戻った時には子どものパンサーもどこかに行ってしまって……今でも悔やまれますよ」

つまり、今目の前にいる先生が、ノワール達のお母さんを窮地に追いやった人間ということか？

パトリック先生やその仲間がノワール達のお母さんを追わなければ、あんな悲しい目に遭《あ》わなくて済んだのかもしれない。

そう思うと、言葉にできない怒りが込み上げてくる。

「おまけに、別のブラックパンサーをおびき出した仲間達は捕獲に失敗して、怪我をさせてしまったとかで引き上げてきたんですよ。かなりの大怪我をさせたみたいで、もしかしたらあのまま死んだのかもしれないですね。まったく、大金をかけて捕獲に乗り出したのに、ことごとく失敗してしまって。おかげであれ以来、捕獲に行けなくなってしまったんですよ。だけどこうして学校の講師になったおかげで、パンサーを手に入れられた。大変嬉しく思います」

パトリック先生は愛おしそうにノワールの体を撫で回す。

ここに来て、僕はおかしなことに気が付いた。

ノワールが僕以外の人間に抱かれたまま、目を覚まさない、ということに。

下町でも王宮でも、寝ている時に僕以外の人間に抱き上げられると、必ず目を覚ましていたのに。

「パトリック先生。ノワールに何をしたんですか？」

僕の問い掛けにパトリック先生はニヤリと口を歪めて笑った。

「おや、気が付きましたか。なあに、大したことじゃありませんよ。パンサーが好む匂いがあるんですよ。それを嗅ぐと大人しくなるという匂いがね。それをちょっと改良して、しばらくは眠ったままになるようにしたんです……ああ、人間には効果がないので安心してください」

パンサーが好む匂い？

それを聞いて鼻をひくつかせてみたけれど、まったくわからなかった。

前世で言うところのマタタビだろうか？

まさか、以前運動場でノワールが動かなくなった時と同じ匂いか？

「パトリック先生。その匂いって以前運動場にまきましたか？」

僕の問いにパトリック先生は楽しそうに笑った。

「おや、思い出しましたか？　そうですよ。もっともあの時はすぐにあなたが気付いてこの子を連れていってしまいましたがね。あの後もしばしば運動場に出向いてあなた達を待っていたんですが、出会えませんでした」

ノワールを取り戻したいけれど、パトリック先生と僕との距離を詰めるのは容易ではない。

マルクを部屋に呼び入れようにも、下手に声を発することができない。

どうしよう。

どうしたらノワールを取り戻せる？

「パトリック先生は、どうしてパンサーを従魔にしたいと思われたんですか？」

僕はとりあえず何か話をして、パトリック先生の注意を逸らそうと考えた。

パトリック先生は上機嫌で、僕の質問に答えた。

「私にとって、王家に仕える魔獣であるブラックパンサーは憧れなんですよ。歴史書でその存在を知ってからずっと……子どもの頃からいろいろな魔獣を従魔にしてきましたが、やはりブラックパンサーが諦めきれないんですよね」

パトリック先生の腕の中のノワールが少し身じろぎをしたようだ。

パトリック先生はノワールを抱え直して、小さな袋をノワールの鼻に近付けた。

あれが、さっきパトリック先生が言っていた匂いをつけたものなのだろう。

ノワールの体からフッと力が抜けたのがわかる。

「ある時から、下町にパンサーらしい魔獣を連れている子どもがいるという噂を聞くようになりましてね。こっそり見にいったんですよ。そしたら本当にパンサーがいるじゃありませんか。譲ってもらおうと接触を試みたのですが、不運にも会えずじまい。その後運動場で匂いをまきましたがそれも失敗。どうしようかと考えているうちに、テイマー科が新設されるという話を聞きましてね。そこで、あなたの年齢なら、必ず学校に通っているはずだと考えつきました。教師になればあなたと会う機会ができると思い、今に至る訳です……まさか、あなたが王子だったとは思いませんでしたけれど。いやはや、なんとも長かったですね。だけどこうしてパンサーを抱いていると、今までの苦労も吹き飛びますよ」

パトリック先生が語り続ける中、僕はじりじりと彼との距離を詰める。

「パトリック先生。そろそろノワールを僕に渡してもらえますか？」

ノワールに向かって手を差し出そうとした瞬間、僕は足元から何かが這い上がってくる感覚にぞわりと身を竦ませた。

動いてはいけない。

本能が僕に告げている。

硬直した僕の体をスルスルと何かが這い上がってくる。

そしてその何かは僕の体を拘束し、僕の耳元に顔を寄せてきた。

指一本動かせない状態になり、僕は視線だけで耳元にある顔を見た。

そこには、真っ赤な細い舌をチロチロと口から出し入れしている白蛇の顔があった。

「おやおや。声一つあげないとは、流石は王子様ですね。これくらいでは動じない精神力をお持ちでいらっしゃる。今までこの子に拘束されて動いた瞬間に咬まれて絶命した人間が何人もいるんですよ。もっとも、王族を害してオブラン侯爵のように処刑されたくはないので、ちゃんと解毒剤は用意していますけどね」

パトリック先生の言葉に僕は目を剥いた。

まさかこの白蛇が毒蛇だとは思ってもみなかったからだ。

前世にも白蛇はいたし、ガラス越しだったが見たこともある。

でもあの白蛇は毒を持たない蛇だった。

だけどこれで、パトリック先生が本気でノワールを連れ去ろうとしていることがよくわかった。

「パトリック先生。ノワールは僕と従魔契約をしているんです。だからパトリック先生とは契約できません」

少しでもパトリック先生にノワールを諦めてもらおうと説得を続けるが、パトリック先生には効果がなかった。

「フフフ。そんなことを気にしているんですか？　別に問題はありません。従魔契約しなくても、ノワールに私の言うことを聞かせる方法はありますからね。例えばこの香りを改良するとか、服従《ふくじゅう》の首輪《くびわ》をつけるとかね」

服従の首輪だって？

噂で聞いたことがある。それをつけられると、飼い主には絶対に逆らえなくなるという首輪のことだ。

ノワールにそんな首輪をつけてもらいたくはない。

だけど、今の僕の状態ではノワールを助けてやることができない。

「ちょっとお喋りが過ぎましたね。アルベール王子には、しばらくその子の相手をしてもらいましょう。私が完全に逃げ切るまでね」

そう言い残して、パトリック先生はノワールを抱いて部屋から出ていった。

テーブルの上には何やら小瓶が置かれている。おそらく先程パトリック先生が言っていた解毒剤なのだろう。

万が一僕がこの蛇に咬まれた時のために置いていったに違いない。

こんな解毒剤よりもノワールを置いていってくれればいいのに……

そんなことを思っても仕方ないとは思うが、つい口に出してしまう。

それよりも早くパトリック先生を追いかけないと。

僕は蛇を刺激しない程度の声でマルクに呼びかけた。

「マルク、いる？」

すぐに隣の使用人用の部屋の扉がガチャリと開いて、マルクが入ってくる。マルクは僕の惨状を見て悲鳴をあげた。

「アルベール王子！　これは一体どういうことですか？」

マルクが近寄ろうとすると、「シャー」と白蛇がマルクに向かって威嚇をする。

「マルク、毒蛇だから近寄っちゃ駄目だ！　それよりもノワールがパトリック先生に攫われた。早く追いかけないと！」

僕としてはマルクにパトリック先生を追いかけてもらいたかったのだけれど、マルクは当然僕を置いて行くわけにはいかないので、毒蛇をなんとかしようと奮闘している。

しかしこの白蛇もなかなかしたたかなもので、時折僕に牙を向いてはマルクを牽制している。

なんとかこの白蛇から逃れられればいいのだけど、どうしたらいいんだろう。

こいつを脅かして、僕から離せないだろうか。

何か蛇よりも強い生きもの……蛇の上位種って言ったら竜かな。

それならドラゴンでもいける？

そこで、僕は試しにレイを呼んでみた。

「レイ、僕のところに来て！」

その瞬間に部屋の中にレイが現れる。

『アル、もう呼んでくれたの？　って、どうしたの、それ！』

レイが現れた途端に、僕を拘束していた蛇がどこかに消え失せた。

『あっ、瞬間移動していった。八つ裂きにしてやろうと思ったのに』

レイの文句を聞きつつ、僕は緊張と拘束から解けた安堵でへなへなとその場に崩れ落ちた。

マルクも僕に駆け寄り、どこにも怪我がないのを確認して涙目になっている。

「アルベール王子、申し訳ありません。まさかパトリック先生がこのような暴挙をなさるとは。先生が来られて以降、部屋から物音がしなくなったのでおかしいとは思っていたのですが、部屋を覗くわけにもいかず……」

マルクが謝ってくるが、それは仕方がないことだと思う。

パトリック先生はおそらく遮音の魔法をかけていたのだろう。もしかしたら扉も開かないようにしていたかもしれない。

それよりも問題はこれからどうするかだ。

「レイ。僕の従魔のノワールが攫われちゃったんだけど、どうしたらいいかな？」

目の前の小さなドラゴンに問いかけると、レイはちょっと首を傾げて僕に告げた。

『ノワールの居場所はわかるよ。だけどボクじゃアルを乗せられないから、パパに連れてってもらおうか？』

マルクはドラゴンにどういう反応をしていいかわからずに僕をチラチラと見ているが、僕はそれを無視した。

「レイはノワールの居場所がわかるの？　早く助けてあげたいんだ。レイのお父さんにお願いしてもらっていい？」

一刻も早くノワールを助け出したくて、僕はレイにお父さんドラゴンを呼んでもらうことにした。

『パパ！　アルが用事があるんだって。こっちに来てもらっていい？』

レイがお父さんドラゴンに呼びかけているのを僕はジリジリしながら聞く。

早くパトリック先生を追いかけたいけれど、闇雲に捜し回るよりは、ノワールの居場所がわかるレイに連れていってもらう方がよほど効率がいいはずだ。

レイがお父さんドラゴンに呼びかけてから、どのくらいの時間が過ぎただろうか。

バサッバサッという羽音が聞こえ、あちこちで悲鳴が上がった。

「ドラゴンが現れたぞー！」

「早く生徒達を避難させないと！」

「騎士団を呼べー！」

「結界が破られる！　魔術師は結界の防衛を！」

それらを聞いて、僕は自分の迂闊さを呪った。

いくらノワールが心配でも、学校にドラゴンを呼び出すべきではなかったのだ。

「アルベール王子！　大変です。ドラゴンが現れました。すぐに避難してください」

ノックもなしに扉が開かれ、学校職員が焦った顔で僕に避難するように促してきた。

しかし、その職員は僕の側にレイがいるのを見て悲鳴をあげた。

「アルベール王子。逃げてください。ここは私が食い止めます」

職員が僕を庇うように僕とレイの間に立ち塞がり、僕に逃げるように告げる。

その肩がブルブルと震えているのを見て、申し訳ない気持ちになる。

レイは突然現れた職員に首を傾げている。

『ねぇ、アル。この人何を言ってるの？』

レイが喋ったのを聞いて、職員が飛び上がらんばかりに驚いている。

「ド、ドラゴンが喋った？　アルベール王子、これは一体？」

早くこの部屋を出て、お父さんドラゴンのところに行かないと大変なことになりそうだ。

「すみません。このドラゴンも学校に現れたドラゴンも僕が呼んだんです。パトリック先生がノワールを攫って逃げたので、助けてもらうために。パトリック先生がどこに行ったかご存じありませんか？」

僕が問いかけると職員はしばらく呆けていたが、なんとか立ち直って答えた。

「アルベール王子がドラゴンを呼んだ？　……そんなことが……で、パトリック先生がアルベール王子の従魔を攫った？　まさか、そんな。私はパトリック先生は見ておりません」

それでも許容範囲を超えていたようで、なおもブツブツと呟いている。

僕はレイの側に行くと、ついてくるように促した。

「レイ。とりあえずドラゴンさんのところに行こうか」

僕が部屋の外に飛び出すと、レイはパタパタと小さな翼を羽ばたかせながら後をついてくる。

騒ぎが起こっている方に向かうと、そこは騎士科の生徒が訓練をする運動場だった。

上空に張ってあった結界が引き裂かれ、運動場にドラゴンが鎮座している。

そのドラゴンを取り囲むように騎士科の生徒が剣を抜いて構え、魔術師達も後方支援のために控えている。

僕がレイを連れて近寄っていくと、教師の一人が僕を見て制止しようとした。

「アルベール王子。危険ですから下がって……って、そのドラゴンはなんですか!?」

その教師の言葉に、周りの生徒達も僕とレイを見て、驚愕の表情を浮かべている。

ここはやはり笑って誤魔化すしかないだろうか。

「すみません、先生。この子もあのドラゴンも僕が呼んだんです。皆に害は加えませんので安心してください」

こんな言葉で安心してもらえるとは思わないけど、とりあえず皆を落ち着かせるのが先決だろう。

『パパ！　来てくれてありがとう。ほら、アル。早く乗って。ノワールのところに行くんでしょ』

レイがパタパタと翼を動かして、お父さんドラゴンに近付いていく。

僕も騎士達が警戒する中、レイの後を追いかけた。

『アル。レイに呼ばれたからやってきたが、どうやら結界を壊してしまったみたいだな』

お父さんドラゴンが僕に話しかけてきたことで、皆はぽかんと口を開けた。

そこへ大勢の足音が聞こえてきた。

「ドラゴンが現れたのは、ここか！　学生達はすぐに避難しなさい。ここは私達が対処する」

騎士団が到着したようだ。

ヤバい！

ますますヤバい！

「アルベール王子ではありませんか。ここは私達に任せてすぐに避難を……」

騎士団長が僕に声をかけてきたが、どうも様子がおかしいことに気付いたようだ。

そりゃ、今にもドラゴンの背中に乗りそうな僕の姿を見れば当然だよね。

「ごめん、騎士団長。詳しい話は後でするからね。父上にもそう伝えておいて」

とりあえずこの場から逃げた方がよさそうだ。

僕はレイと一緒にお父さんドラゴンの背中に乗るとしがみついた。

「ドラゴンさん。とりあえず上に上がってもらえますか」

僕がしがみついたのを確認したレイのお父さんは、バサッバサッと翼を羽ばたかせると上空へと飛び上がった。

あっという間に地上にいる人々が小さくなっていく。

「アルベール王子！」

騎士団長の声が小さく僕の耳に届いた。

とにかくノワールを取り戻すのが先だけど、後始末が大変そうだな。

僕はどこか他人事のように考えながら、学校を後にした。

学校の上空に来ると、お父さんドラゴンが話しかけてきた。

『学校の結界を破壊してしまったことは謝ろう。だが、他に降りる場所がなかったものでね。ところで、一体何があったんだ』

結界の破壊はともかく、わざわざ来てくれたレイのお父さんに騎士達が攻撃をしなくてよかった。

一番悪いのは、何も考えずに学校に彼を呼び出した僕だからね。

「急に呼び出してすみません。実は、ノワールが攫われてしまったんです。僕も毒蛇に拘束されていたので、助けてもらうためにレイを呼び出しました。そうしたら、レイがノワールの居場所がわかると言うので、ドラゴンさんを呼んでもらったんです」

僕が事の経緯を説明すると、お父さんドラゴンは驚いたような声をあげた。

『ノワールが攫われた？　アルと従魔契約をしているから、そんな事態はありえないはずだが。薬か何かを使われたのか？』

やはりノワールが攫われたのはあり得ない事態のようだ。

「どうやら、特殊な匂いの薬を使われたみたいです。犯人が抱き上げてもノワールは全然目を覚まさなかったんです」

攫われた時のノワールの様子を伝えると、お父さんドラゴンは納得したように言う。

『その薬の存在は知っている。確かにあの匂いを嗅ぐと、あいつらは腑抜けのようになるな』

それってやっぱりマタタビなのかな。

いや、そんなことよりも、早くノワールを取り戻さないと。

「レイ。ノワールがどの辺りにいるかわかるかい？」

僕はすぐ後ろにいるレイに話しかけた。

レイはしばらくジッと地上を見つめていたが、やがて首を後ろに向けた。

『あっちの方からノワールの気配を感じる』

どうやらパトリック先生とノワールを追い越してしまったようだ。

確かにこんな大きなドラゴンなら、人間相手じゃあっという間に追い越してしまうよね。

お父さんドラゴンはゆっくりと旋回して後方に向きを変えた。

『少しゆっくり飛ぼうか。レイ。ノワールがどの辺りにいるのかしっかり感知しろ』

お父さんドラゴンは飛ぶスピードを落として、レイがノワールの気配を感知しやすいようにしている。レイは彼の体から身を乗り出すようにして地上を見つめた。

だけど、レイはどうしてノワールの居場所がわかるんだろう。

僕の従魔同士ということで、何か絆みたいなものがあるんだろうか？

それならば、僕にだって居場所を感知することができてもおかしくないはずだ。

だって僕はノワールと従魔契約を結んでいるんだぞ。

僕とノワールにだって絆があって当然だ。

僕は地上が見える位置に移動して、レイと同じように下を見つめた。

ノワール、どこにいるんだ？

ノワール、答えてよ。

ノワール!!

すると突然、ノワールの気配を感じた。

気配がする方に目をやると、一台の馬車がかなりのスピードで街道を走っているのが見えた。

『アル。あの馬車にノワールが乗っているよ』

僕がノワールの気配を認識したと同時に、レイが僕に教えてくれた。

やはり、あの馬車に乗っているんだ。

「ドラゴンさん。あの馬車を追ってください！」

僕が叫ぶと、お父さんドラゴンはゆっくりと高度を下げて馬車に接近していった。

だけどとてもドラゴンが着地できるような場所はない。

町から離れてはいるが、ところどころに民家がある。

そんな場所にドラゴンが着地したら住民達はパニックになるだろう。

幸い道は一本道だ。

この先にドラゴンが着地できそうな場所があるといいんだけど。

道の先に目をやると、民家が途切れて街道だけになっている場所が見えた。

「ドラゴンさん。あそこに先回りして、馬車が近付いたところで着地してもらえますか」

ドラゴンが近付いているのに気が付いているのかはわからないが、馬車のスピードは変わっていない。

お父さんドラゴンはゆっくりと馬車を追い越すと、民家が途切れた先に行き、その場所でホバリングをした。

やがて馬車が土煙を上げて近付いてくる。

「今だ、降りてください」

僕が声をかけると、お父さんドラゴンはゆっくりと地面に着地した。

スピードを上げていた馬車の馬は、突然現れたドラゴンに驚いたようにいないて止まった。

完全にパニックを起こしている。

御者も驚いているが、馬達を宥めるのに必死だ。

「どうした！　何故止まったんだ！」

馬車の中からパトリック先生の怒声が聞こえた。

僕はお父さんドラゴンの背中から降りると、驚いている御者を尻目に馬車に近付いた。

馬車の扉を開けようとしたが、鍵がかかっているのか開かなかった。

どうやって壊そうかと考えていると。

『ボクに任せて』

レイがやってきて扉に向かって炎を吐いた。

レイの炎によって、扉の鍵が一瞬で溶かされる。

ノブまで溶けちゃったんだけど、どうやって扉を開けるんだ？

それでもなんとか引っ張れそうな箇所を持って扉を開けると、驚いた表情のパトリック先生がいた。

「アルベール王子？　どうやってここに？」

パトリック先生の横に、檻に入れられたノワールが眠っていた。

ノワールを檻に入れるなんて！

絶対に許してやるもんか！

「ノワールを返してください！」

突然現れた僕に驚いたパトリック先生だったが、すぐに表情を引き締めて自分の隣にある檻にしがみついた。

「ノワールは渡しませんよ。諦めてお帰りなさい」

僕は馬車に乗り込むと、檻に手を伸ばした。

バチッ！

途端に手に電流のようなものが流れて弾かれる。

「うわっ！」

僕が慌てて手を引っ込めると、パトリック先生がニヤリと笑った。

「人のものに勝手に手を出すからそうなるんですよ。この檻は私以外は触れられないようになっているんです」

こいつ！

僕のノワールを勝手に連れ去っておいて、よくもそんなことが言えるな。

その時、馬車の扉からひょっこりとレイが顔を出した。

『アル。どうしたの？』

パトリック先生は驚いた顔を見せたが、すぐに獲物を見つけた肉食獣のようにギラついた目を僕に向けた。

「なんと、ドラゴンまで呼べるんですか。これはもうアルベール王子も手に入れた方がよさそうですね」

そう言ってパトリック先生は僕に手を伸ばしてきた。

その眼差しの気持ち悪さに、思わずたじろいでしまう。

『アルに何をする！』

レイが僕に向かって伸ばされたパトリック先生の腕に噛み付いた。

ボキボキッ！

「ギャアアア！」

どうやらレイに噛み付かれたせいで、パトリック先生の腕の骨が砕けたようだ。

それでもレイはパトリック先生を放そうとしない。

「……ア、アルベール王子……お、お願いですから、このドラゴンに離れるように言ってくださ い……このままでは、う、腕が……」

先程までの強気な態度はどこへやら、パトリック先生は涙を流しながら僕に懇願してくる。

「放してもらいたかったら、ノワールを解放してください。早くしないと腕がなくなりますよ」

僕の脅しにパトリック先生はコクコクと頷きながら、もう片方の手で檻に触れて扉を開けた。

僕はすかさず開いた扉からノワールを抱き上げる。

ノワールはまだ眠ったままだ。

「パトリック先生。ノワールはいつ目を覚ますんですか？」

パトリック先生はレイに噛み付かれたまま、ノワールに目をやった。

「檻から出たら匂いの効果が薄れてきますから、しばらくしたら起きますよ。それよりも早くこのドラゴンを……」

僕はノワールを抱いたまま、馬車から降りてパトリック先生との距離を空けた。

「レイ、もう放していいよ。その代わり、この人が変な動きをしたら今度は炎を吐いていいからね」

レイがパトリック先生の腕から口を放すと、パトリック先生の腕がブラリと垂れ下がった。

パトリック先生は自分の腕の惨状に顔を真っ青にしつつも、【ヒール】をかけた。

途端に先生の腕が元通りに戻る。

あの腕が一瞬で元通りになるなんて、相当な魔法の使い手でもあるんだな。

レイが馬車から降りて、僕を守るように立ちはだかる。

そこへパトリック先生も馬車を降りてきて、僕に向かって手を差し出してきた。

「アルベール王子。ぜひ私と一緒に来ていただけませんか。私と一緒に魔獣の研究をしましょう」

こいつは何を言ってるんだ？

僕からノワールを攫っておいて、それが失敗したら僕に協力を求めてくるなんて、正気じゃないな。

僕がパトリック先生に憤慨していると、お父さんドラゴンの声が聞こえた。

『アル。そいつがノワールを攫った人間か？』

パトリック先生は声が聞こえた方に顔を向けて、そこに大きなドラゴンがいることに気付いた途端、体をビシッと硬直させた。

どうやらお父さんドラゴンがパトリック先生を動けなくさせたようだ。

「ドラゴンさん。その人、パトリック先生はどうやらノワール達のご両親を襲った人間の一人らしいんです」

僕の言葉に、お父さんドラゴンはまじまじとパトリック先生を見下ろした。

『なるほど。それならばこの人間の処分はあいつに任せるとしようか。アルもそれで文句はないな』

僕はパトリック先生の処分について考えてみた。

このまま父上達に引き渡しても、王子である僕に危害を加えた時点で極刑に処されるのは間違いない。

それならば、ノワールのお父さんに引き渡してしまってもいいんじゃないかな。

「パトリック先生のことはノワールのお父さんに任せます。父上には僕の方から報告しておいますね」

僕とお父さんドラゴンが話をしているのを、パトリック先生は絶望した表情で聞いていた。

先生がノワールを攫ったりしなければ、こんなことにはならなかったのに……

でも、いずれパトリック先生がノワールのお父さん達を襲った人間だとわかれば、この展開は避けられなかったかもしれない。

先生には、自分の命でもって過去の過ちを償ってもらおう。

「パトリック先生。こんなことになって残念です」

パトリック先生はガックリと項垂れたまま、お父さんドラゴンに連れられていった。

後に残された僕達はノワールが目を覚まさないかと待っていたが、一向に目覚める気配はない。

馬車もあることだし、ひとまずこれに乗って学校へ帰ろう。

僕はまだガクガク震えている御者に向かって声をかけた。

「すみません。学校まで行ってもらえますか」

声をかけられた御者は飛び上がらんばかりに驚いていたが、大きなドラゴンがいなくなったことで落ち着いた馬達を馬車に繋ぎ直した。

僕はノワールを抱いて、レイと一緒に馬車に乗り込んで学校に戻った。

◇◆◇◆◇◆

パトリックは硬直した体のまま、ドラゴンの背中に乗せられる。

目に映る景色を眺めながら、生きて帰ることはないだろうと覚悟を決めた。

やがてドラゴンが地上へと降り立った。

パトリックは硬直したままその場に立たされる。

そこは以前、パンサーを捕まえるためにパトリックが訪れた場所だった。

『おい、お前達を襲った人間の一人を連れてきたぞ』

ドラゴンが呼びかけると、二匹のブラックパンサーが姿を現した。

そのうちの一匹がパトリックに近寄って匂いを嗅ぐ。

『父さん、こいつは母さんを追いかけていった人間の一人だ』

それを聞いたもう一匹の大きなパンサーが、ずいとパトリックに詰め寄る。

逃れようにも硬直した体ではそれも叶わない。

『お前は王宮に仕えていたテイマーの子孫か。あの頃も隙あらば王から私を奪おうとしていたがな。

こんなところまで捕獲に来るとは、見上げた根性だな』

敵意を剥き出しにしてくるパンサー達にパトリックが怯えていると、ドラゴンが追い打ちをかけた。

『こいつはさっき、アルからノワールを攫おうとしたんだ。何とか取り戻した後、私がこいつの処分はお前達に任せたいと言ったら、アルも承諾してくれた。お前はこいつをどうしたい？』

ドラゴンの言葉にパトリックは死を覚悟した。

王宮に仕えるテイマー一族として生まれ、祖先が遺した書物にブラックパンサーの記述があった。

それを読んだ時から、いつか自分もブラックパンサーを使役したいと思っていたが、それも叶わぬ夢となった。

だが、ブラックパンサーに食い殺されるのならば本望だろう。

パトリックが目を閉じてその時を待っていると、ブラックパンサーが意外な言葉を返した。

『そいつの拘束を解いていいぞ』

その言葉はドラゴンにとっても意外だったようで、『解いてどうするんだ？』と尋ねている。

パトリックがおそるおそる目を開けると、ブラックパンサーの目が妖しく光った。

『お前は今日から私の下僕だ。しっかり身の回りの世話をしろ。息子の言うことも聞くんだぞ』

ブラックパンサーの命令に、パトリックはその場に跪く。

「はい。これから精一杯お世話させて頂きます」

パトリックは死を免れたことよりも、これからブラックパンサーに仕えられることを喜んでいた。

『酔狂な奴だな。お前がそれでいいなら私は何も言わん。帰るぞ』

そう言うとドラゴンは飛び去っていった。

『父さん、いいの？』

息子の言葉に、ブラックパンサーはニヤリと笑った。

『ああ、人間の手があった方が快適に過ごせるからな。王に仕えていた時も人の手で体を撫でられるのは極上の気持ちよさだったぞ。こいつにもせいぜい役に立ってもらうさ』

第十一章　王宮への報告

馬車に乗ってしばらくガラガラと揺られていると、膝の上のノワールの体がピクリと動いた。

「ノワール！　目が覚めた？」

僕がノワールを抱き上げて顔を覗き込むと、クワーッと大欠伸をして半目を開けた。

『……あれ、アル？　何してんの？』

どうやら寝ぼけているようだ。

だけどようやく目が覚めたノワールに僕は嬉しくなってギュウギュウと抱きしめた。

「ああ、よかったー！　もう目を覚まさないかと思ったよ」

いきなり抱きしめられてノワールは目を白黒させている。

『な、何、どうしたの？　なんで馬車に乗ってるの？』

ここが馬車の中だとはわかったようだが、どうして馬車に乗っているのかはまったくわかっていないようだ。

まぁ、ずっと眠って……いや、眠らされていたから仕方ないよね。

「ノワールはずっと眠ったまんまだったんだよ。どこまで覚えてる？」

僕が尋ねると、ノワールはちょっと考えていたが、思い出すように話し出した。

『学校に戻る時に泣きながら寝ちゃったのは覚えてるよ。それからアルの部屋に戻ってベッドの上に寝かされたんだよね？　その後で、パトリック先生が入ってきた時に起きようと思ったらなんだかいい匂いがして、急に気持ちよくなって起きるのがどうでもいいと思えちゃったんだよね。その後のことは……わかんないや』

パトリック先生が使った匂いは、ノワールの体だけでなく精神にもかなり影響を及ぼすものだったようだ。

「パトリック先生はパンサーが眠りに落ちるような匂いの薬を使っていたんだ。それでノワールを攫っていったんだよ。僕を毒蛇で拘束してね。それで僕は、従魔にしたドラゴンのレイを呼び出して毒蛇を追い払ってもらった。その後、レイと一緒にパトリック先生の後を追いかけて、ノワールを取り戻したんだ」

僕の説明にノワールは目をパチクリとさせていた。

その表情が可愛くて、思わずうりうりと頬擦りをしてしまう。

『アルってば、ちょっと、やめてよ』

口では文句を言いながらもノワールは嬉しそうだ。

頬擦りをやめてノワールを膝の上に下ろすと、そこで初めてノワールはレイがいることに気付いたようだ。

『君がレイ？　僕を助けてくれてありがとう』

王宮から戻る馬車の中で散々僕にむくれていたことを思い出したのだろう。少し恥ずかしげな口調でレイに感謝を述べた。

『ノワールが無事でよかったよ。ボク、今はまだこんなにちっちゃいから、アルもノワールも乗せられないけど、大きくなったら二人を乗せて飛んでみたいな』

レイの無邪気な言葉に、ノワールは更に恥ずかしそうに『……よろしくね』と返していた。

そして突然、思い出したように僕を振り返った。

『それで、僕を攫ったパトリック先生はどうしたの？　逃がしちゃったの？』

僕は神妙な面持ちでノワールに告げた。

「パトリック先生はレイのお父さんがノワールのお父さんのところに連れていったよ。パトリック先生はノワールのご両親を襲った人間の一人だったんだ。だからパトリック先生をどうするかをノワールのお父さんに決めてもらうことにしたんだ」

それを聞いて、ノワールは少し寂しそうな顔をした。

『そっか……いい先生だと思ってたんだけどな。僕の父さんや母さんを襲ったんなら仕方がないよね』

ちょっと項垂れるノワールの頭を優しく撫でてやりながら、僕達は馬車に揺られた。

やがて学校に到着したらしく、馬車が止まった。

馬車から降りようと扉に手をかけるより早く、馬車の扉が開かれた。

「!?」

馬車の扉を開いたのはマルクだった。

どうやら僕が戻るのを門の前で待っていたようだ。

ドアノブが溶けているのに、よくこんなに早く開けられたな……

「マルク。ありがとう。ただいま」

ノワールを抱いて馬車を降りた僕は、正面にいる人物に気が付いて硬直した。

この世で一番恐ろしい人物がそこに立っていた。

両サイドに騎士団長、魔術団長を従えて、その後ろには騎士団、魔術士団のメンバーがズラリと並んでいる。

硬直する僕の後からレイも馬車を降りてきて、微動だにしない僕に問いかける。

『アル？　なんで止まってるの？』

レイは不思議そうに僕の正面を見たが、その人物に気付いた途端、『ボ、ボク、帰るね。じゃあね』と言って、フッと姿を消した。

ノワールもどこかに逃げようとジタバタしているが、放す訳にはいかなかった。

僕一人になんてさせないからな。

僕はノワールをギュッと抱きしめると、正面にいる人物に話しかけた。

「これはこれは、母上。こんなところで奇遇ですね」

正面で僕を見据えている母上は、フッと笑った。

その微笑みは美しいが、まるで般若のようだった。

「あら、アルベール。ようやく戻ってきたわね。陛下が来たがったけれど、執務をサボる口実にするのは目に見えているから、わたくしが来たのよ。それなのに、あまり嬉しそうじゃないわね」

母上は扇で口元を隠して「ホホホ」と笑うけれど、その背後ではブリザードが巻き起こっているかのようだ。

周りの皆もぴしりと固まっている。

「さぁ、アルベール。詳しい話を聞きましょうか。王宮でね」

そうして僕は母上に引っ張られるように、王宮まで連行されていった。

今の僕に助けなんて来なかった。

僕はノワールを抱いたまま、母上に続いて馬車に乗り込んだ。

誰か他に馬車に乗ってくるかと思いきや、僕が乗ると同時に扉が閉められた。

僕は悠然と微笑む母上の向かいにノワールと一緒に座る。

ノワールも僕の腕の中でビクビクとしながら、母上の様子をチラチラと見ている。

やがて馬車が王宮に向かって走り出した。

「ノワール。こちらにいらっしゃい」

母上に声をかけられて、ビクッと体を震わせたノワールだったが、母上の柔らかい微笑みを見てそっと母上の隣に飛び移った。

ちょこんと座って母上を見上げるノワールがあざと可愛い。

母上がノワールを抱き上げて頬擦りをすると、ノワールは母上の怒りが自分には向いていないことに気付いたのか、ゴロゴロと喉を鳴らした。

「ウフフ、いい子ね、ノワール」

母上はそのままノワールを自分の膝の上に乗せると、ゆっくりとノワールの毛並みを堪能するように撫で始めた。

ノワールも母上に撫でられて気持ちよさそうに寝そべっている。

「……それにしても、アルベール。さっきのドラゴンはなあに？　先程、陛下と話をした時にはそんな報告はなかったわよ」

昨日、父上と会って話をした内容は既に母上にも伝えられているようだ。

そこでようやく僕は何を報告し忘れていたのかを思い出した。

「すみません。父上にドラゴンと従魔契約を結んだことを伝え忘れてました」

笑って誤魔化そうとしたけれど、流石に母上はそれを許してはくれなかった。

「そんな重要なことを伝え忘れたですって！　何を寝ぼけたことを言っているの！　そこへなおりなさい！」

馬車の中が一瞬で凍りついたようになるが、ノワールは我関せずと母上の膝の上で目を閉じている。

僕は慌てて馬車の床に座り込んで、母上に向かって土下座をする。

「申し訳ありません。以後気をつけます」

しばらく頭を床にこすりつけていると、ようやく馬車の中の冷気が緩んできた。

おそるおそる顔を上げると、扇で口元を隠した母上が僕をじっと見据えている。

「一応、反省はしているようね。詳しい話は後で陛下と一緒に聞きます。隠し事は一切なしですよ」

「はいっ！」

僕は再度、頭を床にこすりつけた後、母上の許しを得て席に座った。

チラリと向かいの母上の顔を見ると、何やら悪巧みをしているような、愉《たの》しそうな表情を浮かべている。

僕はこっそりとため息をつきながら、馬車に揺られていった。

しばらくして馬車が王宮に到着すると、扉が開けられた。

僕は先に馬車を降りて、母上をエスコートすべく手を差し出した。

母上はノワールを下に降ろすと、僕の手に自分の手を重ねて馬車を降りる。

「まさか、自分の息子にエスコートされる日が来るなんて……こういうのもいいわね」

僕にだけ聞こえるような声で囁かれた。

その声が少し涙交じりのような気がして、そっと母上の顔を見る。

すると、確かに母上の目が潤んでいた。

おそらく、僕が攫われていなくなっていた時のことを思い出したのだろう。

母上が気弱になっているところを見ると、なんだか落ち着かない気持ちになってしまう。

「僕でよければ、いつでもエスコートいたしますよ」

「あら、そんなことをしたら陛下がむくれそうだわ」

コロコロと楽しそうに笑う母上の目から、涙が消えたのを見て僕は安堵した。

僕と母上が歩き出した後ろを、少し体を大きくしたノワールがついてくる。

あの小さい体のままじゃ、広い王宮は歩きにくいからね。

侍従が先導する中、向かった先はやはり父上の執務室だった。

侍従のノックと同時に扉が開かれ、中へと通される。

書類から顔を上げた父上は、僕にエスコートされて現れた母上を見て、慌てて立ち上がった。

そして電光石火の速さで母上の側に来ると、僕の手から母上の手を奪い返す。

「マルグリットをエスコートしていいのは私だけだぞ！　……さぁ、こちらにどうぞ」

そう言って母上の手を取って、ソファーへと誘うとそのまま二人で腰掛けた。

……息子の前でいちゃつくのやめてもらえるかな。

執務机の側に立っていた宰相が、咳払いをしてもお構いなしだ。

諦めて宰相は父上達の向かいの席を僕に勧めてくれた。

僕が腰掛けると、ノワールがまた小さくなって僕の膝の上に乗ってくる。

そこへ騎士団長と魔術団長のジェロームさんも執務室に入ってきて、ようやく父上と母上も居住まいを正した。

宰相も含め総勢六人が席に着くと、お茶が用意された後、人払いがされた。

お茶を一口飲んだ後、父上が口火を切った。

「さて、アルベール。一体何がどうなっているのか、説明してもらおうか。学校の結界が壊された件も含めてな」

先程までの腑抜けたような父上とは真逆の、国王陛下がそこにいた。

僕の正面に父上と母上が座り、父上の右手側に騎士団長とジェロームさん、母上の左手側に宰相が座っている。

ズラリと五人が僕を取り囲んでいるような状態だ。

ドラゴンのことも、パトリック先生のことも、包み隠さず報告しなければならない。

特にパトリック先生についてはきちんと説明しないと。

僕は気を引き締めて話し始めた。

「学校に戻ってテイマー科のパトリック先生と話をしようと思ったのですが、ちょうど授業中でパトリック先生に会うことができませんでした」

とりあえず僕は学校に戻ってからの出来事を話すことにした。

「そこで、他の先生に伝言を頼んで一度寮の自室に戻ると、パトリック先生が部屋にやってきました。でも、僕が学校を辞めると告げた途端、ノワールを奪い僕を毒蛇で拘束したんです」

まさかパトリック先生が僕に対してそんなことをしたなんて知らなかった五人は、その話を聞いて衝撃を受けた。

「毒蛇だって！　アルベール！　無事だったのか？　どこも咬まれてないか!?」

「なんですって！　よくもわたくしのアルベールにそんなことを！　今すぐに凍らせてやるわ！」

「パトリックの実家は伯爵家だったか？　すぐにお取り潰しを！」

「そんな処罰では生ぬるい！　一族皆殺しに！」

「ただの処刑では済まされません！　じわじわと魔力で……」

……なんだか凄い過激発言が飛び出しているんだけど……

「ちょっと待って！　皆さん落ち着いてください！」

僕が一喝すると、皆はピタリと喋るのをやめた。

そうして、毒蛇の拘束から逃れるためにレイを呼び出したこと、ノワールを攫って逃げたパトリック先生を追いかけるためにお父さんドラゴンを呼び出したことを説明した。

「学校じゃなくてどこか他の場所に行って呼び出せばよかったんですが、あの時はそんなことを考える余裕がなくて、そのために結界を破ることになってしまいました」

僕の説明に皆は納得したような顔を見せたが、ノワールがいるのに肝心のパトリック先生がいないことに言及してきた。

「ノワールがそこにいるということは、無事に取り戻せたのだろう。だが、パトリックとやらはどうした？　ドラゴンに殺されたのか？」

父上の疑問はもっともだろう。

僕とノワールだけが戻って来たのだから、パトリック先生が殺されたと思われても仕方がない。

「その件ですが、実はパトリック先生はノワール達の両親を襲った人間の一人だったんです」

そこで僕はノワール達の父親から聞いた話と、パトリック先生から聞かされた話を打ち明けた。

そして、ドラゴンがパトリック先生の処分をノワール達の父親に委ねるために連れていったことを話した。

「それならば、ノワール達の父親がパトリックの処分をするのは納得だ。表向きには王子に危害を加えた罪で処刑したことにしておく。宰相、そのように手続きをしてくれ」

「かしこまりました。一族の者についてはいかがいたしましょう？」

父上は少し考えた後で、宰相と騎士団長、ジェロームさんに告げた。

「この件に関与していたかどうか尋問せよ。関わっていなければ厳重注意でいいだろう。関わっていれば伯爵家は取り潰しとする。ジェロームは尋問の補佐を頼む。それから騎士団長はパトリックと一緒にブラックパンサーの捕獲を行った者を捜し出せ。見つけ次第強制労働につかせろ。それから、二度とこんなことを起こす者が現れないように、国内に向けて今回の件を知らせよ」

「「「かしこまりました！」」」

三人が胸に手を当てて父上に礼をする。

これで、パトリック先生は表向きは国王の命で処刑されたことになった。

他の仲間も早く見つかればいいな。

見つかって強制労働させたところでノワール達の母親が帰って来る訳ではないけれど、罪は罪として償ってもらいたい。

パトリック先生の件が片付いてほっとしていると、父上の鋭い視線が僕に向いた。

「それで、レイとは誰のことだ？」

あ〜、やっぱりそうくるよね。

「レイは、僕が従魔契約を結んだ子どものドラゴンです」

さらっと流すように言ったんだけど、母上以外の皆は先程よりも驚いた表情を見せた。

「ドラゴンと従魔契約!?」

「そんなことができるなんて聞いたことがない！」

「人間とは契約しない生きものだと聞いていたのですが……」

「嘘だろう？」

なんか皆の反応を見ると、僕とレイが従魔契約をしたのがあり得ないことのようだ。

僕はレイとお父さんドラゴンの様子を思い出してみるが、人間と契約するのを嫌がっているようには思えなかった。

大体人間と契約しないのなら、レイが僕と契約したいと言った時点でお父さんドラゴンが止めるはずだ。

いくら親バ……子煩悩でも、駄目なものは駄目だときっぱり言うだろう。

「昨日会った時はそんな話は出なかったが、どうしてだ？」

「忘れてました。すみません」

てへペロ！

……で、誤魔化される父上ではなかった。

「そんな重要なことを忘れたで済ませるな！」

なんて怒鳴ってるけど、その目は期待に満ち溢れている。

「それで？　子どものドラゴンと言ったな？　どのくらいの大きさなんだ？　今ここにドラゴンは呼べるのか？」

母上も冒険者をしていたせいか、父上の言葉に目をキラキラと輝かせた。

「母として、そのドラゴンに挨拶をしないと……」

……そんな話は聞いたことがないよ。

母上の言葉に宰相達も頷く。

なんで？

僕を取り囲む五人が期待に満ちた眼差しで僕を見つめている。

助けを求めようと膝の上にいるノワールに視線を落としたが、我関せずと寝そべったままだ。

……仕方がない。

諦めて僕はレイを呼び出すことにしたが、先程母上の冷気に当てられて逃げるように去っていったレイが大人しく呼び出されてくれるのだろうか？

なるようになれ！

「レイ。ちょっとこっちに来てくれる？」

僕が呼びかけると、パッと僕の横にレイが現れた。

食事中だったらしく口をモグモグと動かしていたが、大人達の視線を感じて慌てて口の中のものを飲み込んでいる。

『え、何？　どうしたの？』

ヒョイと僕の座っているソファーの後ろに隠れるが、顔を隠しただけで胴体から尻尾までが丸見えだ。

頭隠して尻隠さず、を地でいってるな。

後ろを振り向いて顔を隠しているレイの背中をポンポンと叩いた。

「隠れなくたって大丈夫だよ。皆君に会いたかっただけなんだ」

レイがそっと顔を上げて僕を見つめる。

『え、そうなの？　さっきパパが結界を破っちゃったから、そのことを怒られるかもって言ってたんだ……ホントに怒ってない？』

おそるおそるソファーの後ろから顔を覗かせて、周りの大人達を見回している。

するとも母上がソファーから立ち上がって、ゆっくりとレイに近寄ってきた。

「マルグリット！」

「王妃殿下！　いきなり近寄っては……」

父上や宰相達が狼狽えているが、母上は嬉々としてレイに手を伸ばした。

「あなたがアルベールの従魔になったドラゴンね……フフ、とっても可愛いわ」

母上はレイの頭に触り、その鱗の硬さに驚いていた。

「まぁ、ドラゴンの鱗って、こんなに硬いのね。やっぱり最強の魔獣だと言われるだけあるわね」

母上に頭を触られたレイは、先程母上の冷気に当てられたことを思い出したのか少しビクついていたが、それも杞憂だとわかったらしく大人しく母上に撫でられている。

いつの間にか父上も母上の隣に来ていて、レイに触りたそうにしている。

それは父上だけではなく、宰相や騎士団長、ジェロームさんも同じだった。

「レイ。ここにいる皆が君に触ってみたいらしいんだけど、いいかな？」

レイは『えー』と言いながら、皆を見てちょっと俯《うつむ》いた。

やっぱり駄目なのかな。

いきなりこれだけの人間の大人に囲まれたら嫌だよね。悪いことを言っちゃったかな。

だけどレイの答えは僕が思っていたのとは違った。

『それでパパが結界を破ったことを許してくれるのなら、触ってもいいよ』

こいつ、意外とちゃっかりしているな。

レイの提案に真っ先に乗ったのは父上だった。

「もちろん、許すとも。何しろノワールを助けるためだったんだからね」

そう言いながら、レイの体を撫でている。

宰相達もレイの側に来て、レイの体に手を伸ばした。

騎士団長とジェロームさんはレイの鱗を触りながら、この硬さの鱗を破壊するのには、どんな武器や魔法が効くのかという話をしている。

……そんな話は本人の前ですべきじゃないと思うんだけどね。

最初は平然と触らせていたレイだったが、次第にうんざりしてきたようだ。

だけど自分から交換条件を持ち出した手前、どこで止めさせていいかわからないらしく、僕に助けを求めるような視線を投げかけてくる。

しばらく放っておこうと思っていたけれど、流石にちょっと可哀想になってきたな。

この辺で助けてやるか。

「はい、皆さん。そろそろやめてあげないと、レイが可哀想ですよ」

パンパン、と手を叩いて皆に注意を促すと、皆は我に返ったようにレイから手を放した。

「ごめんなさいね。この機会を逃したら、もう次はないかもと思ったらつい……」

母上はレイに謝りながらも離れようとしない。

一旦手を離した騎士団長とジェロームさんが、またレイの鱗を熱心に調べ始めている。

そのしつこさに、とうとうレイが音を上げた。

『あ〜、もうっ！ 鱗が生え替わったらいくらでもあげるから勘弁してよ〜！』

それを聞いた騎士団長とジェロームさんが歓喜の声をあげた。

「本当ですか？ 絶対ですよ」

「取り消しはなしですよ。ああ、これでドラゴンの鱗の研究ができる。たくさんもらえたら一枚くらいはリオネル君に渡してもいいかな」

レイは自分の発言にアワアワしているが、もう取り消すのは難しい。

しょうがないから、後で僕が二人にとりなしておこう。

いつまでもこの場にいるわけにはいかないと、母上以外は執務に戻っていった。

父上は会議があることを思い出したようで、急ぎ足で執務室を後にする。

ぐったりと疲れたレイも『ボクももう帰るね』と告げて、パッと姿を消した。

僕と母上とノワールだけがこの部屋に残っている。

母上は僕の隣に腰掛けると、僕の膝の上に寝転がるノワールを優しく撫でた。

母上はノワールを撫でながら、小さな声で僕に問う。

「……それで、アルベールはこれからどうするつもりなの？」

父上に学校に通わないと告げたことを知っているのだろう。

僕も父上にそう伝えただけで、具体的に何をするかは考えてはいなかった。

だけど僕が父上の後を継いで国王になるなんて、まだとても考えられない。

それによく考えてみたら、僕はこの国のことを何も知らないんだよね。

だから父上と母上も冒険者をやっていたのかな？

よし！　決めた！

「母上。僕はしばらく旅に出ようと思います！」

母上はほんの一瞬、ノワールを撫でる手を止めたが、すぐにまた再開した。

ノワールは相変わらず気持ちよさそうに喉をゴロゴロ言わせている。

「……そう。アルベールがそう決意したのならわたくしは何も言いません。だけど他の三人はどうかしらね？　頑張って説得してちょうだい」

少し寂しそうな眼差しで僕に微笑みを向けてくる。

なんか凄く恐ろしいことをさらっと言われたような気がする。

それって父上と父さん母さんを説得しろってことかな？

母さんはまだ母上と性格が似ているから、母上のように送り出してくれそうだ。

だけど、父上と父さんはどうも僕を好きすぎて、全力で止めてきそうな気がするんだよね。

「夕食までゆっくりしてらっしゃい」

ハアーっとため息をついた僕を母上は軽く抱きしめると、侍女と一緒に部屋を出ていった。

撫でてくれる手がなくなり、ノワールが起き上がって大きな伸びをする。

「ノワール、部屋に戻ろうか」

小さくなったままのノワールを抱き上げて、僕は自室へと戻った。

ベッドの上にノワールを降ろすと、その隣に腰掛ける。

「ノワール。僕は王宮を出て旅をしようと思うんだけど、一緒に来てくれる？」

ノワールはキョトンとした顔で首を傾げた。

『僕はアルの従魔だよ。一緒に行くに決まってるじゃないか。何を今更言っているのさ』

即答してくれるノワールが可愛い。

「ありがとう、ノワール。大好きだよ」

ノワールに覆い被さって抱きつくと、ペシペシと尻尾で叩かれた。

『重いよ、アルってばー！』

僕から逃れようとジタバタするのが余計に可愛いんだよね。

だけどやりすぎると噛み付いてくるから、この辺で勘弁してやろう。

それにしても父上の説得かー。

とりあえず夕食の時に話をしてみよう。

旅の準備のためにこの国の地図を出して眺めていると、夕食の時間だと侍従が呼びに来た。

食堂に入ると、既にシャルロットとリシャールが席に着いていた。

学校の結界が壊されたり、ドラゴンが現れたりで二人は王宮に戻されたようだ。

「まぁ、お兄さま。今日はいろいろと大変だったと聞きましたが、大丈夫でしたの？」

「兄上。お怪我はなかったのですか？」

僕はリシャールの隣に座りながら、斜め向かいに座るシャルロットに笑顔を向けた。

「大丈夫。怪我はしていないよ。二人にも迷惑をかけたね。授業の方はどうなった？」

お父さんドラゴンが結界を破ったことで、学校の授業にも支障が出たのではないかと思って聞いてみた。

「ドラゴンが結界を破ったということで、教室は大騒ぎでしたわ。万が一に備えて魔術の得意な者が教室に結界を張って備えていました。リシャールはどうでしたの？」

シャルロットが問いかけると同時に隣に座るリシャールに目をやると、ちょっと苦笑混じりに僕を見る。

「新入生のクラスなので、すぐに先生が教室に結界を張ってくださいました。ちょうど教室からドラゴンの姿が見えて、皆興奮してました。そのドラゴンの背中に兄上が乗っていった時にはびっくりしましたよ。皆に質問攻めにあって答えられなかったんですが、あのドラゴンは一体どうされたのですか？」

あれを見られてたのか。

これは隠してはおけないな。

「あれは僕が従魔にしたドラゴンのお父さんなんだ。従魔のドラゴンがまだ小さくて僕を乗せられないからお父さんが来てくれたんだ」

シャルロットとリシャールにノワールが攫われて追いかけるためにドラゴンを呼び出したことを伝えた。

「ノワールは無事に帰ってきたのですね。よかったわ。今度ドラゴンも紹介してくださいね」

シャルロットが安堵の微笑みを向けてくれたところで、ようやく父上と母上が姿を見せた。

「待たせて済まない。食事にしようか」

上座に父上が座り、僕の正面、シャルロットの隣に母上が腰掛けた。

母上はチラリと僕に意味深な視線を向け、ちょっと挑発するような笑みを浮かべた。

僕がどうやって父上を説得するのかお手並み拝見、といったところだろうか。

和やかに食事は進んでいき、やがて食後のお茶とデザートがテーブルに並べられた。

そろそろいい頃合いかな。

僕は飲んでいたカップをソーサーに戻すと、姿勢を正して父上の方を向いた。

「父上。少しお話があるのですが、よろしいでしょうか？」

父上はチラリと僕を見てちょっと首を傾げた。

「なんだ？　今日のことなら先程の話し合いで終わったはずだが？」

まだ何かあるのか？　と言いながらカップを口元に持っていく父上に、僕は一気に告げた。

「僕は旅に出ようと思います。しばらく王宮には戻りません！」

「グッ！　ゲホッゲホッ！　な、なんだと？　ゲホッゲホッ！」

ガシャン！

父上は飲みかけていたお茶が気管に入ったらしく、盛大にむせている。

シャルロットとリシャールもカップを取り落としそうになり、ソーサーにぶつけている。

「お兄さま！　それは本当ですの？」

「兄上！　嘘ですよね！　嘘だと言ってください」

父上、シャルロット、リシャールが僕を凝視している。

母上だけが我関せずといった様子で優雅にお茶を飲んでいる。

……あれ？

もしかして母上が言っていた三人って、この三人のことだったのかな？

もう一度母上に目をやると、母上は僕を見て、ニッコリと微笑んだ。

『頑張って三人を説得しなさいね』

そんな心の声が聞こえるようだ。

「アルベール！　旅に出るとはどういうことだ！　さっきはそんなことは一言も言っていなかったじゃないか！」

「お兄さま！　わたくしの婚約が決まって一緒に過ごす時間が限られているというのに、どうして旅になど出られるのですか！」

「兄上！　僕だって兄上ともっと一緒にいたいのに、どうして！」

三人の勢いが凄いったらないんだよ。

だけど心を鬼にして僕は三人に言う。

「父上、シャルロットもリシャールも落ち着いて。ちゃんと話しますから聞いてください」

まずは三人を落ち着かせるところから始めないとね。

給仕にお茶を入れ替えてもらい、新しいお茶の香りを堪能していると、父上達も渋々自分のお茶に口を付けた。

皆が落ち着いたのを見計らって、僕は父上に向き直った。

「父上。僕は自分がこの国のことを何も知らないということに気付いたんです。だからこの国を知るために、王宮を出て旅をしたいと思ったんです」

自分の正直な気持ちを伝えているのに、父上はブルブルと首を横に振る。

「この国のことを知らないからと言ってわざわざ旅に出ることはないだろう。王宮にいたって、国について勉強することはできるはずだ」

父上の言葉にシャルロットもリシャールも賛同する。

「そうですわ、お兄さま。資料や報告書を読めばそれで済む話ですわ」

「そうですよ、兄上。何もわざわざ旅に出なくても。ここに僕と一緒にいてください」

三人が分厚い壁となって僕の前に立ち塞がっている。

なんとかこれを乗り越えなければ、僕の自由は勝ち取れないのだ。

「そんなことをおっしゃいますが、父上が昔冒険者をしていたのは、この国のことを知るためではなかったのですか？」

父上が冒険者をしていたことは、シャルロットとリシャールには初耳だったようだ。

「えっ？　お父様は冒険者をしていらしたのですか？」

「父上が冒険者？　初めて聞きました。一体どういうところに行かれたのですか？　強い魔獣と戦ったりしたのですか？」

リシャールが興味津々といった眼差しで父上に質問する。

「それなりに強い魔獣に出会ったりしたぞ。たとえば……」

「コホン！」

リシャールの質問に答えるために父上が話し出すと、母上がわざとらしく咳をした。

「陛下。今はそんな話をしている場合ではありません。リシャールもお話を聞きたいのはわかりますが、またの機会になさい」

母上に笑顔で凄まれて、父上もリシャールも口を閉ざす。

少しの沈黙の後、父上がおもむろに話し出した。

「私が冒険者をしていたのは、ただ単にやりたかっただけ……い、いや。そ、その通り、この国の勉強のためだよ。ワハハ……」

……父上。

今更取り繕っても、もう遅いんですけど……

母上とシャルロットは顔を見合わせて揃ってため息をつき、リシャールは「どうしたら僕も冒険者になれるのか」とブツブツ呟いている。

だが、これで説得の材料が得られたぞ。

「やはり父上はこの国について勉強するために冒険者をしていたんですね。それならば僕も同じように冒険者として旅をしてもいいですね」

にっこりと父上に向かって微笑むと、父上は「しまった！」という様子で顔を引きつらせた。

「……やっと自分の失言に気が付いたようですね」

「本当にお父様ったら……」

母上とシャルロットは、残念な子どもを見るような眼差しを父上に向けている。

リシャールもここでようやく父上の発言の意味に気付いて「父上～」と情けない声を出した。

父上はガックリと項垂れて、しばらく頭を抱えていたが、そっと僕に視線を向けた。

そのすがるような視線で僕に何を言いたいのかわかったけれど、ここで引くわけにはいかない。

「なぁ、アルベール。考え直す気は……」

「ありません！」

ピシャリと言い切ると、父上は更にガックリと項垂れた。

「陛下。諦めたらどうですか？　ご自分がやってきたことを、子どもには禁止させるなんて筋が通りませんよ」

母上の言い分に、シャルロットとリシャールは「うん、うん」と頷いている。

シャルロットは不満そうではあるが、その理屈には納得してくれたようだ。

リシャールも、いずれ自分も冒険者をしようと考えているなら、ここで僕に味方をしておけばいいというのはわかっているだろう。

あと一息だ。

「父上や母上に父さん達がいたように、僕にはノワールとレイがいます。決して危険な旅にはなりません。だから旅に出ることを許してください。お願いします」

父上に向かって頭を下げる。

「お父様。私からもお願いしますわ。これだけお兄さまが行きたがっているんですもの。お兄さまが旅に出ている間は絶対に結婚しませんから、いいでしょう？」

流石シャルロット。父上がシャルロットのお願いに弱いことをしっかりわかっている。

案の定、父上はちょっと眉を下げた。

あの顔は絶対に僕の長旅を期待しているな。

「僕からもお願いします。それに僕だって旅をしてみたいです。兄上が行くのなら僕も行っていいってことですよね」
リシャールのお願いに、母上もシャルロットもクスッと笑いを零した。
父上も苦笑交じりにリシャールを見つめている。
これで僕の勝利は決まったも同然だな。
そこで気が緩んだ僕は、ついポツリと零した。
「……だけど、王位を継ぐのは考えられないな」
その瞬間、時間が止まったように誰も動かなくなった。
しん、と静まり返った部屋で、僕は自分の失言に慌てた。
だがもう、口から飛び出した言葉はなかったことにはできない。
四人は凍り付いたかのように動けなくなっていた。
皆目を見開いて僕をまじまじと凝視している。
なんと言い訳をしようかと考えを巡らせるが、何も言葉が出てこない。
そんな中、ようやく口を開いたのは父上だった。
「ア、アルベール……今のは一体どういうことだ」
声の掠れ具合からも、いかに動揺しているのかが窺える。
「アルベール。あなた、何故そんなことを……」

母上の声も震えている。

シャルロットとリシャールは顔面蒼白で言葉も出ないようだ。

それはそうだろう。

第一王子である僕が、王位を継ぐのは考えられないなどと発言するとは誰が想像しただろうか。

だけど、僕は自分がこの国の王子だとわかってからも、どこかでその立場を受け入れられていないと感じていた。

身分制度などなかった前世の記憶が邪魔をするのか、下町で平民として生活してきたことが邪魔をするのかわからない。

まだ王子として生活を始めて五年しか経っていない僕よりも、生まれた時から王子として生きてきたリシャールの方が王位を継ぐのに相応しいんじゃないかとも思っている。

そうだ。

いっそのこと、ここですべてぶちまけてしまおう。

「父上。僕は自分が王子であるとわかってから、ずっと考えてきました。僕よりもリシャールの方が……」

「待て！　その先は言ってはならない！」

僕の発言を父上が遮った。

その表情には怒りと苦悩が入り混じっている。

隣に座るリシャールに腕を掴まれて、僕はリシャールの方を向いた。

「あ、兄上。僕には無理です。兄上を差し置いて王位なんて継げません」

ポロポロと涙を零しながら訴えかけてくるリシャールに、申し訳なさでいっぱいになる。

「アルベール。それについては今すぐに決めるわけにはいかない。明日、宰相達を交えて話をしよう。今夜はとりあえず休むがいい」

父上はそう言って立ち上がると、母上に向かって手を伸ばした。

母上は差し出された手に気付かずに僕を凝視していたが、やがて父上に促されゆっくりと立ち上がった。

ふらつくような足取りの母上をエスコートして、父上は食堂を後にした。

シャルロットとリシャールも何か言いたげに僕を見つめていたが、それぞれ侍女に促されて自室に戻っていく。

僕もエマと一緒に自室へと戻った。

自室に入ると、既に食事を終えたノワールがベッドに寝そべっている。

その傍らに仰向けに身を投げ出した。

そのはずみでノワールが目を覚ます。

『なんだ、アルか。どうしたの？　疲れた顔しちゃって』

くわーっといつものように大欠伸をするノワールに癒やされつつも、先程の失言が重くのしかかってくる。

「ノワール～。どうしよう。どうしたらいいと思う？」

ガバッとノワールに抱きつくと、ノワールは僕から逃れようと身をよじる。

『なんの話だよ。ってか、食べたばっかりなんだからお腹を潰さないでよ』

僕の体の下から這い出したノワールは、ペシペシと尻尾で僕の頭を叩く。

僕は食堂での出来事をノワールに話した。

初めは大人しく僕の話を聞いていたノワールだったけれど、次第に飽きてきたらしくまた大欠伸をかましている。

「ノワール。真剣に聞いてる？」

ぐいっと両手で顔を挟んでこちらを向かせたが、ノワールはサッと後ろに頭を引いて逃れた。

『そんなことを言われてもさ。僕には王位なんてわかんないもん。明日話をするんだろう？　だったらそこでアルの正直な気持ちを言えばいいんじゃないの？』

それだけ言うと、ノワールはさっさとまたベッドに寝そべる。

態度は薄情だけど、ノワールの言うことももっともだと思う。

とりあえず旅に出ることは了解を得たはず？
あれ？　どうだっけ？
余計な発言で肝心なことが確認できてないと気付いてしまった。
僕の旅は一体どうなるんだろう？

エピローグ

アレクサンドルはマルグリットと共に自室に戻るとすぐに人払いをした。

二人きりになった途端、マルグリットは堪えきれずに泣き出す。

アレクサンドルは泣きじゃくるマルグリットをいざなってソファーへと腰掛け、そっと彼女を抱きしめた。

まさか、アルベールがあんなことを考えていたとは……

攫われて行方不明になっていたアルベールが見つかって、これで何もかも元通りだと思っていたのに。

下町で育ったことで、王族としての自覚が芽生えなかったのだろうか。

もっと早くアルベールを見つけていれば……と考えたところで、アレクサンドルは首を振る。

過ぎたことをいつまでも悔やんだところでしょうがない。

ようやく落ち着いてきたのか、マルグリットがそっと顔を上げた。

「……ごめんなさい。もう大丈夫よ」

笑おうとしても、引きつったような笑顔しかできないマルグリットをもう一度抱き寄せた。

アレクサンドルは肩に顔を寄せるマルグリットにそっと囁く。

「アルベールは……王位を継がない方が幸せなんだろうか？」

ピクリとマルグリットの肩が震える。

答えが出ないまま、夜は更けていった。

◇◆◇◆◇◆

翌朝の朝食は重苦しい空気のまま始められた。

父上と一緒に現れた母上はいつもと変わらない表情を見せていたが、その目の周りには魔力の残滓が感じられた。

おそらく泣き腫らした目を【ヒール】で癒やしたのだろう。

いつもは朝から元気なリシャールも、どことなく沈んで見える。

朝食を終えると、シャルロットとリシャールは学校へと戻っていった。

昨日は学校の結界が破られたために一旦王宮へと避難させられていたが、今日からはまた寮暮らしらしい。

二人が退室すると、父上は僕に言った。

「後で呼び出すから、それまで自室にいなさい」

「……はい」

僕の返事を聞くと、父上と母上はそれぞれの執務へと向かった。

僕もまた、自室へ戻る。

昨日、あれだけワクワクしながら見ていた地図も、今は色褪せて見える。

何もする気になれず、ソファーにぼんやり座っているとノックの音が響いた。

「どうぞ」

返事をするとすぐに扉が開けられ、侍従が顔を出した。

「陛下がお呼びです」

侍従に連れられて向かった先は、やはり執務室だった。集まったのも昨日と同じメンバー。

昨日と違うのは、既に五人が座って僕の到着を待っていたことだ。

「来たな、アルベール。皆は下がれ」

お茶を淹れるとすぐに侍女や侍従は退室していき、執務室には僕達だけになった。

今日は僕の味方をしてくれるノワールもいない。

もっとも、あまりあてになるやつじゃないけどね。

「それで本日は何事ですか？　昨日と同じく私達だけが呼ばれたということは、アルベール王子に関することですか？」

宰相が問うと父上はゆっくりと頷いた。

「昨日の夕食時にアルベールが旅に出たいと言い出した。それだけならまだしも、その後でとんでもないことを口にしたのだ」

宰相、騎士団長、ジェロームさんは揃って驚いた顔を見せたものの、すぐに首を捻った。

「旅に出たいというのはともかく、その後のとんでもないこととはなんですか？」

父上が冒険者をしていたことを知っているから、「旅に出たい」というだけでは大した驚きではないのだろう。

宰相の質問に、騎士団長とジェロームさんも父上の次の言葉を待っている。

父上はゆっくりとため息をついて、口を開けては閉じてを繰り返している。

自分の口からこんな言葉を言いたくないと思っているのだろう。

やがて絞り出すような声で一気に告げた。

「アルベールが王位を継ぐのは考えられないと言ったのだ」

その言葉に衝撃を受けた三人が一斉に僕を振り返った。

誰もが信じられないものを見るような目で僕を見つめている。

その目を真正面から受けとめられずに僕は俯く。

「アルベール王子。本当にそんなことを？」

宰相に問われて、僕はチラリと宰相の顔を見て頷いた。

騎士団長とジェロームさんは頭を抱えている。

執務室の中が更にどんよりとした空気に覆われた。

しばらくの沈黙の後でジェロームさんが話しかけてきた。

「アルベール王子。それはやはり下町で生活をしてきたことに関係がありますか？」

そこで、僕は騎士団長とジェロームさんには前世の記憶があることを告げていないと気付いた。

「二人には言っていなかったけれど、僕には前世の記憶があるんだ。その世界では今のような身分階級がなかった。収入による格差はあったけれど、それ以外はほとんど平等と言っていいものだったんだ。そんな記憶を持ったまま、下町で生活をしていたのに、実は王子だったから王位を継げと言われても、気持ちがついていかないんだ」

僕の言葉を聞くや否や、ジェロームさんはソファーから床に下りると父上に向かって土下座をした。

突然のジェロームさんの行動に、誰もが呆然としている。

「陛下、王妃殿下、誠に申し訳ございません！」

何故ここでジェロームさんが父上と母上に謝るのか、僕にはまったくわからなかった。

「ジェローム、どうした？　何故そなたが謝るのだ？」

父上と母上も、ジェロームさんの真意がわからずに戸惑っている。

「私がもっと早く、陛下にアルベール王子が不在であることに気付いていると申し出ていれば……そうすれば捜索にも協力でき、もっと早くアルベール王子を見つけられていたのでは、と。そうすればアルベール王子もこのような考えをせずに済んだのでは……本当に申し訳ございません」

最後の方は涙声になっていた。

床に頭を擦り付けているジェロームさんを見ると、肩を震わせている。

僕の何気ない発言が、この人にまでもこんな思いをさせてしまったのかと思うと申し訳なさでいっぱいになる。

僕はジェロームさんの側に寄ると、その体を抱き起こした。

「ジェロームさん、ごめんなさい。あなたにこんなことをさせて申し訳ないです。でも悪いのは僕を攫った人で、ジェロームさんではありません」

項垂れているジェロームさんを騎士団長が立ち上がらせてソファーに座らせた。

僕もまた自分の席に座り直す。

「ジェローム。お前が悪いのではない。あの時、お前にも情報共有をしなかった私が悪いのだ。それに今更何を言っても始まらない。大事なのはこれからどうするか、だ」

父上はそう言うと、まっすぐに僕を見据えた。

父上の視線を僕は逸らすことなく受け止めた。

こんな風に皆を悲しませるつもりじゃなかった。

でも、今はまだ僕には王位を継ぐ覚悟ができない。

それだけの覚悟を決めるにはどうすればいいんだろう。

「アルベール王子。少しよろしいですか？」

宰相に声をかけられて、僕はそちらに顔を向けた。

「はい、なんですか？」

「アルベール王子はどうして旅に出たいとおっしゃったのですか？」

宰相はいつもと変わらない優しい目で僕を見つめてくる。

執務をサボる父上には容赦がないけれど、普段はとても優しい人だ。

それに陰でこの国を支えている人だから、何かしらのアドバイスを僕にくれるかもしれない。

「ドラゴンを呼べるとわかって学校に通わないことを決めた時に、これからどうしようかと考えてみたんです。そうしたら僕はこの国のことを何も知らないなって気が付いて。だからこの国のことを勉強するためにも旅をしようと思ったんです」

宰相は僕の話を聞くと、一つ頷いて父上に向かってニヤリと笑った。

「陛下、聞かれましたか？　若い時、理由もなく旅に出たいと駄々をこねていた陛下に聞かせたい言葉でしたね。あの頃の陛下がこのような考えをしていれば、先代も苦労されなかったと思うんですがね」

宰相の言葉に、父上は顔を真っ赤にしてそっぽを向いている。

母上も何かを思い出したのか、薄《うっす》らと笑っている。

「その話は昨日聞いたから知っている。そこまで言うのなら旅をさせようと思ったんだ。だが、その後にあんなことを言い出すから……」

反論する父上の言葉が途切れてしまうと、執務室の中がまた、しん、と静まり返る。

そんな空気を打ち破るように、宰相が明るい声を出す。

「なるほど、わかりました。ですがあの当時、陛下にも王位を継ぐ覚悟がおありだったと言えますか？　その重圧から逃れるために冒険者になったのではないですか？」

宰相にそう問い詰められて、父上は何も反論できないようだった。

王位を継ぐということは、この国を背負って立つということだ。

もちろん、一人ではなく、宰相をはじめ大勢の臣下が支えてくれる。

だが、この国の頂点に立つということに重圧を感じない人間なんていないだろう。

父上は少しでもそれから逃れるために、母上や父さん達と冒険者をしていたのかもしれない。

父上はため息をつきながら、宰相を見やった。

「確かにあの頃は王位を継ぐことなんて考えたくなくて冒険者をやっていた。だが父上には一切そんな話はしなかった。だから昨日、アルベールからその考えを聞いた時、動揺してしまったんだ」

父上の言葉に宰相は静かに首を横に振った。

「それは違いますよ、陛下。先代は陛下の思いをご存じでした。しかし、あえて気が付かないふりをされていたんです」

告げられた真実に、父上はガックリと項垂れた。

「……そうか。父上はご存じだったのか」

そして顔を上げた父上は昔を懐かしむような目で、どこか遠くを見つめる。

「アルベール王子」

「は、はい！」

いきなり宰相に呼ばれて、少し声が裏返ってしまった。

「今すぐに結論を出す必要はありません。その答えを探すためにも旅をされてください。ただし、定期的に王宮に戻ることをお約束ください。陛下も冒険者をしていた頃は、ちゃんとそれを守っておられました」

僕は力強く頷くと父上に向き直った。

「父上。昨日はいきなりあんなことを言って申し訳ありませんでした。だけどこの国について勉強したいと思ったのは本当です。だからどうか、旅に出ることを許してください」

そう言い切ると、僕は深々と頭を下げて父上の言葉を待った。

しばらくの沈黙の後、父上がフッと笑った。

「頭を上げろ、アルベール」

ゆっくりと頭を上げると、父上の寂しそうな笑顔がそこにあった。

「旅に出ることを許す。ただし、宰相の言うように必ず定期的に戻ってくるんだぞ。忘れたらすぐに連れ戻すからな」

最後にニヤリと笑った父上に、ゾクリと背中に悪寒が走る。

「あら、大丈夫よ。アルベールはちゃんと約束を守るに決まってるわ。ねぇ、アルベール？」

母上の言葉が追い打ちをかける。

これは約束を破ったら、速攻連れ戻されて軟禁か、幽閉されそうだな。

宰相達もそれを察したらしく、「やれやれ」といった顔をしている。

そんな中、ジェロームさんは僕の手を取って勢いよくこう言った。

「アルベール王子。何かあったらすぐに私を頼ってくださいね。必ずお役に立ってみせます」

あまりの迫力に思わずたじろいでしまう。

「は、はい……よろしくお願いします」

「アルベール王子。後で旅の準備について打ち合わせをしましょう。必要なものがあればすぐにご用意いたします」

騎士団長の申し出はとてもありがたいものだった。

「はい、わかりました」

こうして僕は、旅に出ることを許されたのだ。

The Record by an Old Guy in the World of Virtual Reality Massively Multiplayer Online
とあるおっさんのVRMMO活動記
1~27
椎名ほわほわ
Shiina Howahowa
アルファポリス 第6回 ファンタジー小説大賞 読者賞受賞作!!
累計150万部突破の大人気作（電子含む）
TVアニメ
2023年10月放送開始!
CV
アース：石川界人
田中大地：浪川大輔
フェアリークィーン：上田麗奈
ツヴァイ：畠中祐 ／ ミリー：岡咲美保
監督：中澤勇一 アニメーション制作：MAHO FILM
とあるおっさんのVRMMO活動記
椎名ほわほわ
ネットで人気爆発!
現実じゃ冴えない会社員でもVRMMOの中では
名うてのスキル職人!?
読者賞受賞作、待望の書籍化!
●各定価：1320円（10%税込）
●illustration：ヤマーダ
1~27巻好評発売中!!
超自由度を誇る新型VRMMO「ワンモア・フリーライフ・オンライン」の世界にログインした、フツーのゲーム好き会社員・田中大地。モンスター退治に全力で挑むもよし、気ままに冒険するもよしのその世界で彼が選んだのは、使えないと評判のスキルを究める地味プレイだった! ——冴えないおっさん、VRMMOファンタジーで今日も我が道を行く!
とあるおっさんのVRMMO活動記 1
料理生産から冒険まで
VRMMOで大活躍!!
シリーズ累計18万部!!
漫画：六堂秀哉
●各定価：748円（10%税込）●B6判
コミックス1~10巻好評発売中!!

没落した貴族家に
拾われたので
恩返しで
復興させます
六山葵
Aoi Rokuyama
魔法の才で偉くなって
没落した実家を
立て直そう!

便利すぎるチュートリアルスキルで異世界
ぽよんぽよん生活
Omine
著 御峰。
心優しき少年が
異世界すべての
人々を幸せにする
超ほっこり
冒険譚、開幕！
エラーで手に入れたチュートリアルスキルで
無自覚に最強!?

便利すぎるチュートリアルスキルで異世界
ぽよんぽよん生活
御峰。
エラーで手に入れたチュートリアルスキルで
無自覚に最強!?
ご主人カッコイイー!!

この作品に対する皆様のご意見・ご感想をお待ちしております。

おハガキ・お手紙は以下の宛先にお送りください。

【宛先】

〒150-6008 東京都渋谷区恵比寿4-20-3 恵比寿ｶﾞｰﾃﾞﾝﾌﾟﾚｲｽﾀﾜｰ 8F
（株）アルファポリス　書籍感想係

メールフォームでのご意見・ご感想は右のＱＲコードから、
あるいは以下のワードで検索をかけてください。

アルファポリス　書籍の感想　検索

ご感想はこちらから

本書はWebサイト「アルファポリス」（https://www.alphapolis.co.jp/）に投稿されたものを、改題・改稿のうえ、書籍化したものです。

攫《さら》われた転生王子《てんせいおうじ》は下町《したまち》でスローライフを満喫中《まんきつちゅう》!? 2

伽羅《きゃら》

2023年 6月 30日初版発行

編集－藤長ゆきの・宮坂剛
編集長－太田鉄平
発行者－梶本雄介
発行所－株式会社アルファポリス
〒150-6008 東京都渋谷区恵比寿4-20-3 恵比寿ｶﾞｰﾃﾞﾝﾌﾟﾚｲｽﾀﾜｰ8F
TEL 03-6277-1601（営業）　03-6277-1602（編集）
URL https://www.alphapolis.co.jp/
発売元－株式会社星雲社（共同出版社・流通責任出版社）
〒112-0005 東京都文京区水道1-3-30
TEL 03-3868-3275
装丁・本文イラスト－キッカイキ
装丁デザイン－AFTERGLOW
印刷－中央精版印刷株式会社

価格はカバーに表示されてあります。

落丁乱丁の場合はアルファポリスまでご連絡ください。

送料は小社負担でお取り替えします。


ISBN978-4-434-32195-5 C0093